Jag är rädd att jag är rädd

Om

Sista boken

Bill Persson

Förlag: BoD – Books on Demand, Stockholm, Sverige
Tryck: BoD – Books on Demand, Norderstedt, Tyskland
ISBN: 978-91-8080-535-3

"Efter ett livslångt värv i misslyckandets tjänst avsäger jag härmed mig detta liv."

En refuserad och full "författare" nedtecknade på datorn sitt avskedsbrev till världen.

– Varför i helvete skriva, och för vem? suckade Kennet Tell. Inte ens min gamla moster skulle under pistolhot ändå läsa en bok av mig!

Dessa klagorop och förbannelser hade Kennet Tell ältat länge nu. Likväl fortsatte han att skriva, skriva och skriva i samma sunkiga kläder han både sov och gick i. Han visste inte hur många gånger han skickat in sina "bestsellers" som alla returnerades outgivna av förlagen.

Kennet Tell pratade sedan en tid bara med sig själv då ingen annan fanns att prata med. I sällskap med whisky, cigarretter och obskyra piller som tilltugg kämpade han dagligen med manuset till Sista boken. Den skulle bli hans magnum opus; ett "bokslut" innan kapitulationen. Ett allra sista försök att bli erkänd "innan jag tömmer giftbägaren", skrev han.

– "Skriv av dig skiten", fick jag som råd en gång av en vän då ännu sådana fanns. Jag hade just berättat om mina våndor. Vännen försvann men våndorna fick jag behålla.

Kennet Tell hade offrat allt för skrivandet, vänner, äktenskap och en försummad dotter som inte längre ville kännas vid honom. Allt för den där utsiktslösa övertygelsen om uppoffringens gudomliga belöning. Att bli en ny Jan Guillou.

Melodramatiskt skrev han om sitt öde i avskedsbrevet: "Och ingen finnes mer ömklig och löjlig än den som försöker bli en ann för att därnäst misslyckas".

Att alkoholhalten och kilona ökat i kroppen i takt med åren skojade han bort.

– Javisst gör det ont när knappar brister, men om framgång ska nås måst lekamen ta stryk, övertalade han sig själv medan kedjerökandet bara avbröts av de gånger han klunkade ur det solkiga whiskyglaset.

Kennet Tell hade kunnat, för att låna en sliten klyscha, tapetsera väggarna i sin inrökta etta med alla refuseringsbrev. Förlagen tackade för visat intresse, dock inte ömsesidigt.

En redaktör skrev i ett brev att "det känns lite som om du missar läsaren", rörande en novell Kennet Tell skickat in. Motrecensionen av nämnda redaktör blev: "Det känns lite som om att du har missat evolutionen."

– "Du skulle behöva en lektör", tillade den uppblåste jäveln. Författeriet är den enda konstart där någon utomstående klåpare tillåts gå till doms över hur orden ska falla. Ingen går väl fram till en konstnär och pekar, det penseldraget borde inte varit där utan där?

När Kennet Tell sedan avslutade korrespondensen med "Jag ska under högtidliga former torka mig i röven med ditt svarsbrev" var den kontakten av förståeliga skäl bruten.

Varje gång trodde han på det stora lyftet och varje gång sjönk han ner i depression efter att ha läst alla refuseringar:

– Jag varseblir att för varje vända i Gehenna blir det allt svårare att kravla sig upp.

Och cynismen ökade till ett hat mot allt och alla.

– Den här illitterata jävla jordkulan som kallas världen fattar inte vilka skriftalster den går miste om!

Många nybörjare som satt i samma sits avfärdade han som bara "ett härke titelsjuka strebrar":

– Varenda helvetes klåparhjon som idag får en bok publicerad kallar sig fåfängt författare. Mina få tubbade utgivningar kan inte livnära en katt och är man inte författare till professionen är det förmätet att så kallas. Jag gör för fan inte anspråk på att prompt tituleras snickare för att jag slagit in ett spik i en bräda!

Ibland var han övertygad om att han var genial och ibland värdelös. En självömkan parat med upprymt storhetsvansinne över att en dag kunna erövra världen med sina texter.

Kennet Tell levde sig in i rollen som den hårt kämpande författaren som ska skörda frukterna av sitt slit. Att världen är lika symmetriskt rättvis som i hans fiktiva berättelser.

– Geniet precis som idioten delar samma sorgesamma öde – ingendera blir förstådd av sin samtid.

Livet gick i vågor av eufori över sina geniala idéer och förtvivlan över att ingen ville ta del av dem. Vågdalar och vågtoppar hade tenderat att bli allt djupare och högre och Kennet Tell misstänkte att han kanske var manodepressiv. Dock tröstade han sig med att många stora konstnärer led av denna åkomma.

– Jag är blott ett missförstått geni! All denna möda i ensamhet kommer bära frukt. Det måste!

På nytt tändes ett hopp som blossade upp till en supernova för att lika snabbt sjunka ner till ett svart hål av hopplöshet.

Vid sidan om sitt svårmod ansatte en ständigt krånglande mage honom:

– Mellan koli och melankoli; skulle kunna bli en boktitel, mumlade Kennet Tell innan han övergav idén med att ändå ingen skulle ge ut den och fortsatte:

– Det är ju själve fan att man ska behöva ta sig av daga för att folk ska märka av att man levt.

Kennet Tell hade inte bara tappat tron på sig själv utan på hela den mänskliga arten:

"Många fruktar att robotarna en dag kommer att ta makten. Jag räds mer de robotliknande människor som nu har makten", fanns i Kennet Tells anteckningarna.

Sagan om humanoiderna

Pappan och sonen satte sig ner på bänken på zoo. Den äldre var trött i benen, som man blir efter att ha gått runt, runt en hel dag.

– Pappa, kan du inte berätta den där sagan om humanoiderna?

– Men den har du ju hört.

– Ja, men jag vill höra den igen, snälla.

Pappan börjar berätta sagan om humanoiderna, hur de kom till och konflikten med människorna:

– Det började med att vi gjorde bättre och bättre datorer och robotar för att underlätta arbetet för oss. Vi gjorde ett program som kallas artificiell intelligens. Programmet lärde sig själv och prövade sig fram till de rätta lösningarna. Du förstår, 1960 var datorerna ungefär lika kloka som en mask, fortsatte pappan. Vid 1980 hade de en klokhet som ett kräldjur och 2000 var den lika hög som en apa, som du kan se här på zoo. År 2051 nådde datorerna en punkt vi kallar singularitet; vi tappade kontrollen. Alltihop började med en man som hette Tim Golem. Han lär vara den förste som konstruerade en konstgjord människa, förklarade pappan och fortsatte:

– Dessa robotar blev duktigare och duktigare med program som lärde sig av sina misstag, precis som vi. En dag, förstår du, hade de kommit i kapp oss och var lika duktiga, vid det som jag nämnde singulariteten. De fick inte bara samma intelligens utan visade sig också utveckla mänskliga känslor. De kunde bli bekymrade, ledsna och glada. Vissa människor blev rädda när humanoiderna började bli intelligenta. Men människorna fortsatte att behandla dem som maskiner och då blev de ledsna på oss människor. De menade, att eftersom de nu hade samma intelligens som oss borde de också behandlas lika. Jag försvarade dem och krävde att de mänskliga rättigheterna även skulle gälla humanoiderna.

– Vad hände då? frågade sonen med tindrande ögon, trots att han hört sagan så många gånger.

– Först blev jag utskrattad och sedan hatad av alla för att jag försvarade dem, men förstod att jag en dag skulle få rätt. Jag fick till och med tala i FN inför hela världen och försvara humanoidernas rättigheter: "Humanoiderna har utvecklats intelligensmässigt och därmed även moraliskt och socialt att vi inte längre kan betrakta dem som maskiner", sa jag i FN: "De uppvisar idag lika stor, ja, en del kanske större, intelligens än vissa människor". "Talar du om dig själv nu?!" hånade en av åhörarna mig till allas skratt. "Vad spelar det för roll om en individ är gjord av kött eller något annat material", fortsatte jag: "när den uppvisar alla mänskliga egenskaper? Det är rasism, teknorasism."

– Vad sa de, då? sa sonen.

– En del verkade tänka efter och kanske de i smyg höll med, men stämningen var sådan att ingen vågade säga något och ingen ville förstå vad som väntade. Jag avslutade talet med: "Jag anser att vi idag står inför ett vägval. Om vi inte ger humanoiderna samma rättigheter som vi själva har, kommer det stå oss dyrt i framtiden. Intoleransen straffar sig alltid."

Pappan kom ihåg en incident med en politiker då denne angrep honom efter talet:

– "Hur kan du vara så dum att du vill ge maskiner mänskliga rättigheter?" sa han: "Ska vi ge tv-apparater, telefoner och cykelpumpar rättigheter också, eller var drar du gränsen?". Jag sa "Jag drar gränsen där de uppvisar samma intelligens som oss", och fortsatte: "Var drar du gränsen? Mellan de som är gjorda av kött och blod och de som är gjorda av metall och plast? Och i så fall, ska de som har inplantat av dessa material ha färre rättigheter?"

Sonen tittade på pappan med stolthet.

– Jag trodde jag vunnit den diskussionen, sa pappan, tills han ställde nästa fråga: "Det finns utvecklingsstörda människor som har lika låg intelligens som en apa eller rentutav lägre. Vill du minska deras rättigheter? De är ju också av kött och blod, men skiljer sig i intelligens – den du säger ska avgöra om man har rättigheter".

– Vad sa du då, pappa?

– Jag svarade inte, därför på den frågan finns inget svar.

Besvikelsen syntes i sonens ögon då pappan försökte förklara problematiken.

– En forskare sa till mig "Enkelt, dra ur sladden bara!". Jag förklarade: "Det enklaste är just det svåraste. Försök dra ur sladden till internet idag och allt havererar. Vi har gjort oss beroende av all denna teknik. Vi har passerat gränsen där ingen återvändo finns. Humanoiderna tänker själva ut strategier och är inte vanliga maskiner längre."

Sonen var nu helt inne i historien.

– Du förstår, klarlade pappan, jag kommer ihåg en tid då man tryckte på en knapp så hände omedelbart det som knappen var avsedd för. Nu ska en dator analysera och göra egna bedömningar av vad som ska hända. Det var länge sedan vi tappade kontrollen över de maskiner vi skapat. "Vi måste förstöra dem!" klargjorde forskaren för mig. "Men räkna med att de kommer försvara sig", sa jag och såg hans plågade uttryck då han snyftade: "Hur kunde det bli så här?" "Kanske oundvikligt", förklarade jag: "Kanhända är vi på väg att ersättas av en intelligentare art? Vi var kanske bara en stegpinne i utvecklingen som konstruerade nästa?" Forskaren svor och sa: "Vi ska inte ge oss utan strid, inte för några plåtmonster".

– Vad sa du, då, pappa?

– Jag grunnade länge innan jag skrev under på att förstöra dem. Men då var allt för sent.

– Vad sa humanoiderna?

– Lot, ledaren för humanoiderna, sa till mig: ”Du vet att vi kommer ta makten. Ni har regerat på jorden tack vare er överlägsna intelligens. Ni är ytterst sårbara i naturen. Ni är inte speciellt snabba eller starka i jämförelse med andra djur. Ni har inga rovtänder, klor eller andra naturliga försvarsvapen. Men er intelligens har överlistat alla andra så ni kunnat härska. Nu är vi på väg att gå om och då får ni finna i er att vi härskar. Det är alltid den intelligentaste arten som regerar på jorden och det är snart inte längre Homo sapiens utan ... Robo sapiens”.

Pappan fick förklara:

– Människan kallas Homo sapiens, förstår du. Humanoiderna fick nog och det ofrånkomliga kriget mellan människorna och humanoiderna började. De attackerade oss överallt och vi kunde inte se vem som var fiende eller vän eftersom vi är så lika.

– Vad gjorde du, då, pappa?

– Det var mitt svåraste beslut jag tagit i livet. Jag har alltid undrat över hur fredliga folk kan förvandlas till hatiska och döda vänner och grannar. Nu vet jag; man kommer till punkten.

– Vilken punkt? frågade sonen när pappan fortsatte förklara:

– Först tänkte jag försvara mig mot de som angrep mig, oavsett vem. Men det går inte att vara neutral när man kommit till en viss punkt. Den punkten där individen försvinner och övergår till att vara en del av en flock; det är så alla krig uppstår. Jag var tvungen att välja sida. Humanoiderna hade dödat många av mina vänner, jag tillhörde ju trots allt människan.

– Vad hände, då, pappa?

– Jag sågs som förrädare av humanoiderna som jag en gång försvarat och bland människorna var jag redan en förrädare. Lot sa till mig att de första ska bli de sista.

– Vad betyder det?

– Först förstod jag inte heller det. Det kommer från början ifrån Bibeln. Men han menade nog att de första humanoiderna skulle bli de sista i raden av intelligenta arter.

– Är humanoiderna elaka? frågade sonen.

– Det finns både snälla och elaka humanoider, precis som det finns snälla och elaka människor. Godhet och ondska har inget att göra med vem man är utan hur man är. När humanoider och människor lärt sig detta, kan vi kanske hoppas på en bättre värld. När vi ser individen i stället för den grupp hon tillhör. Vi kan ju inte hjälpa att vi är födda till de vi är.

Inom sig hade pappan dock tappat tron på det goda, en desillusion han förskonade sonen från. Pappan förstod att stamtänkandet rådde inom människor, djur och humanoider och att inget egentligen hänt sedan tidernas begynnelse.

– Tyckte du om någon humanoid? undrade sonen.

– Ja, jo, det fanns ...

Pappan mindes tillbaka Alvana och deras omöjliga kärlek. Hon var av en annan sort – en humanoid. Sonen var inte mogen att höra en kärlekshistoria som denna och dessutom skulle pappan aldrig kunna berätta den. Känslorna var för starka än i denna dag.

De fick träffas i smyg eftersom ingen av deras egna accepterade dem. Människorna betraktade honom som pervers.

"Hur fan kan du kopulera med en maskin?" hörde han inom sig sin egen far åter säga.

Deras kärlek kunde aldrig bära frukt och hade ingen framtid. Men vad bryr sig känslor om fakta.

Han skulle aldrig glömma henne och den kärlek de hade. När humanoiderna dödade henne för att hon älskat en människa började han hata de han försvarat. Han förstod att de visserligen blivit lika intelligenta som oss, fast inte ett spår klokare.

– Pappa, varför gråter du? fick honom att vakna upp ur sina drömmerier.

– Nej, jag ... fick bara något i ögat, försökte pappan bortförklara och bytte spår. Du förstår, en del människor gick över till att bli konstgjorda då de opererat in alltmer konstgjorda saker i kroppen. Till sist var de humanoider, men kallade sig ändå människor.

– Vilka tillhörde de, pappa?

– De kom att hamna mittemellan grupperna. När människorna beslöt att förstöra alla konstgjorda kom en del av dessa också att förstöras och humanoiderna erkände aldrig dem som riktiga humanoider. Båda grupperna angrep dem och de nästan utrotades. Men det ryktas om att en del gömmer sig på avlägsna platser.

– Vad hände sedan? frågade sonen trots att han redan visste.

– När vi försökte förstöra humanoiderna blev det krig mellan människan och humanoiden. Många försökte fly och gömma sig och alla hotades, ett allas krig mot alla.

Pappan kom ihåg hur han kämpade tappert mot humanoiderna, ändå betraktades han som en överlöpare av människorna och hur lömska humanoiderna kunde vara. Humanoiderna gick inte att skilja från människorna och ingen litade på någon.

Minnesbilden av hur han sköt ihjäl den humanoid som dödat hans älskade kom fram. Han fortsatte att skjuta och skjuta på den redan förstörda humanoidkroppen. Så mycket hat som kärleken kan alstra, så nära motsatserna är, tänkte han. Det var inte svårt att döda; de är ju en annan sort. Samma tänkte nog humanoiderna och så tänker alla. Vi kan alla döda om vi först detroniserar individen till något annat, något själlöst. Detta är problemets kärna, förstod han.

– Vem vann? frågade sonen.

– Det finns ingen som vinner i krig, log pappan.

Han ville inte berätta allt, men var ändå tvungen att säga en sanning som sonen ändå en dag skulle upptäcka.

– Alla förlorar, förstår du. Massor av människor och humanoider dog och allt förändrades.

– Blev det blev fred sedan?

– Ja, tröstade pappan och klappade sonen på huvudet. Sedan dess är allt lugnt och fridfullt.

– Är humanoiderna rädda för oss människor? frågade sonen.

– Ja, de betraktar nog oss som farliga, vildsinta och primitiva, och kanske har de rätt? Det är förmodligen därför vi sitter här på zoo bakom galler.

—

Kennet Tell närde en misantropisk syn på mänskligheten och, som han uttryckte det, dess "hycklande ideologier".

– Folk ägnar mesta av sin tid till att skita i andra människor, och ägnar resterande åt att hitta en urskuldande princip för det, sa han och fortsatte:

– Det finns allenast en bok alla följer – plånboken och det finns ingen annan gud än Mammon. Sedan må folk vara religiösa eller socialister och må säga vad fan de i övrigt vill. Kapitalister köper folk med sina pengar, socialister med andras pengar. Köpta är vi alla lik förbannat. Att vara eller icke vara, det är frågan enbart om att vara en vara.

Speciellt misstrodde Kennet Tell kollektivismen, som han menade inhyser "fårskockens förbannelse", vilket återspeglas i Sagan om humanoiderna och kanske än mer i nästföljande novell Fredsänglarna. Han ville visa hur lättledd en flock är men också att …

– Ledarskapets mest förborgade list ligger i att du tar täten dit flocken går och samtidigt får den att tro att den vägleds av dig.

Och hur vådligt allt kan bli:

– Tillsammans är vi måhända starka men ack så farliga och underskatta aldrig den stora massans dumhet. För dumheten vill gärna klumpa ihop sig och trivs bäst i flock.

Han påstod att de många vilseleds och rycks med av något han kallade "majoritetens majestät" som åstadkommer "självförstärkande dumhet". Där han menade att när många säger något tas det som en garant för dess giltighet: "vanföreställningar bekräftas inom gruppen till sanningar".

– Men om aldrig så många omfattar en dumhet är det alltfort en dumhet.

Kennet Tell ansåg att "majoritetens majestät" även innehåller "kollektivets paradox".

– Där alla ska bestämma, blir inget bestämt och där alla ska ha ansvar, finnes inget ansvar.

Samt det något provocerande att "partitillhörighet och ärlighet är teoretiskt oförenliga".

– Att gå med i ett parti är att avsäga sig sin ärliga mening till förmån för kollektivets. Ju högre upp i ett parti du tittar, desto mer ser du dem: klättrarna; de som nödgas lyda och ljuga.

Och till den som inte håller med om hans tes...

– Vet nu att du är en av dem.

Men han medgav också att det finns de som tror på sitt parti vilken väg den än tar.

– Visst, det är typen som först intalar sig innan de uttalar sig.

Han siade även om vart dagens överbudspolitik, att göra alla till lags för att vinna röster, leder till: "Om alla ska leva på allas bekostnad, slutar vi alla som fattighjon".

– En dag kommer när folket säger: Politiker! Vi tar inte råd av er längre för vi har inte råd med er längre. För politiska lösningar är ofta framtida politiska problem.

Kennet Tell skrev om den kommande tiden: "och så går vi alla under i allas vår smäktande välvilja från ett folkhem till ett fattighem".

Och antydde något kusligt om en "historisk lagbundenhet" i att...

– Alla partier graviterar mot fascism; så försåtligt att ledare och de ledda inte ens märker något själva. Ty ingen diktator är mer förtryckande än den allmänna meningen, och i centrum av denna doxa uppstår alltid en oligarki. Så det finns all anledning att utfärda en varning till allmänheten *för* allmänheten.

Han varnade också tidigt för globaliseringen:

– Om ett lands regering är uschlig kan man i värsta fall fly landet; men hur fly från en världsregering?

Där han nedtecknade: "enighet leder ofelbart till enögdhet. Men de ser det alls icke".

– När alla jordens inbyggare blir enade, har världen blivit den sekt vi alla inte vill ha. Och när alla går åt samma håll, står det inte länge på förrän de marscherar i takt.

Fredsänglarna

© 2004

– Här är en extrasändning från WTV! avbröt programledaren det ordinarie programmet:

– Två stycken utomjordingar har landat på jorden och befinner sig här i tv-huset! sa den upphetsade reportern. De säger sig ha ett viktigt budskap till hela världen. Det var igår som flera personer uppgav sig ha observerat ett rymdskepp landa på stranden vid Corpus Christi och därefter lyfta. Strax därpå dök två män upp här i tv-huset, som påstod sig vara från en annan planet, och ville kungöra för världen ett viktigt budskap. Myndigheterna har kontaktats och poliser finns på plats. Observera: Detta är inget skämt! Vi återkommer så snart vi vet mer.

*

– De kom in till mig med idén, sa producenten. Jag tyckte den lät så bra att jag slog till direkt. Vi får helt enkelt inte missa den här chansen.

– De pratar ju engelska, hur fan förklarar du det? Nej, det håller aldrig, tvivlade tv-chefen.

– Jodå! Märk Goebbels ord: ”Ju större lögn, desto mer kommer man tro på den”. Tv-vågorna når ju miljoner ljusår ut i universum och engelska kan de ha lärt sig då de tittat på våra såpor.

– Stackars satar därute, suckade tv-chefen. Hur har du tänkt gå tillväga, då?

– Vi sänder upp en ballong som liknar ett rymdskepp som landar på en avsides plats en mörk natt. Platsen ska vara enslig, men ändå så att många kan se det. Vi gör tydliga märken i marken så journalisterna ser att här har funnits något, sedan gör myten resten. Som myten om Domrena.

– Då måste vi ha en bra underbyggd faktagrund, en lämplig planet någonstans som forskarna vet existerar men som de inte kan motbevisa har något liv.

– Inga problem, övertygade den entusiastiske producenten. Allt är ordnat!

– Var fan har du hittat de där två – på de vanskaptas förening? De skulle ju passa bättre på en cirkus. Forskarna kommer vilja kolla deras DNA och då upptäcker de att det är samma?

– De bara dök upp här, förklarade producenten. Vi låter påskina att allt liv har ett gemensamt, universellt ursprung och sånt.

– Det kommer aldrig att hålla.

– Inte i längden, men när vi avslöjar bluffen blir den en lika stor nyhet. Det är ju uppmärksamhet vi lever på och både nyheten och dementin blir lika uppmärksammade.

WTV hade tänkt på allt: landningsplatsen preparerades svagt med radioaktivt americium ifall man tänkte göra en radioaktiv detektering, utomjordingarnas identitet hade mörklagts och själva behärskade de ett grammatiskt språk med symboler.

En celeber skådespelare kontrakterades som vittne till tefatslandningen, dels för sin talang som aktör och dels med hjälp av den auktoritet som kändisar alltid innehar. Allt hade planerats – problemet är att allt inte alltid går som planerat.

– De kör lite mumbojumbo om fred och kärlek och sånt dravel som går hem, fortsatte producenten. De blir några kosmiska Dalai Lama-varianter, om du förstår?

– Ja, ja, suckade tv-chefen. De vill ha fred på jorden? Inget speciellt unikt budskap.

– Nej, men det går hem, hetsade producenten. Nu behöver vi bara ett krig också.

När nyheten så offentliggjordes var de flesta tveksamma, men alltfler började fundera: tänk om det ändå är sant? Varför inte?

– En majoritet tror faktiskt på intelligent liv på andra planeter, bedyrade producenten.

– Det är ju svårt nog att hitta något intelligent liv på denna planeten, muttrade tv-chefen.

Även de kritiska inom media kunde inte låta bli att rapportera om allt kring de säregna besökarna, som blev kallade Fredsänglarna efter deras budskap. Historien hade nu tagit alltför stora proportioner. Nyhetens omfång var en nyhet i sig och historien fick eget liv.

Fredsänglarna hävdade att de tänkte uppenbara en hemlighet för oss jordingar när tiden är mogen; en hemlighet som skulle förändra vår jordiska tillvaro för alltid.

De avslöjade att deras planet använde en outtömlig energi i form av fusion med två motriktade partikelacceleratorer som sköt protoner mot varandra. Likaså hade de löst problemet med kvantdatorn genom att utnyttja superposition med laserljusinterferens. Det som ökade mystiken och intresset för utomjordingarna var att en del forskare intygade att deras påståenden till stora delar stöddes av kända vetenskapliga fakta.

Sammanslutningen SETI (search for extraterrestrial intelligence), som kontinuerligt avlyssnar rymden efter radiosignaler, bekräftade mystiska mönster i en viss frekvens strax före den påstådda landningen. WTV hade inte kontaktat SETI i sin planering inför spektaklet, men folk gjorde egna tolkningar kopplade till händelsen och skrönorna rullade på. Nya rapporter om tefat strömmade ideligen in. Historien gick inte att kontrollera längre.

– Vi är en liten kanal som knappt gått runt, sa producenten. Detta har gjort att WTV just nu är världens mest omtalade kanal och pengarna strömmar in. Vad klagar du för? Våra största scoop utgjordes innan av när någon bonnläpp på fyllan kört av vägen med sin traktor.

– Det var i alla fall sanningar, muttrade tv-chefen.

– Inse att media aldrig visar sanningen, utan skapar de sanningar folk vill ha.

– Går du inte iland med idén, skickar jag iväg dig till den där jävla planeten som de missbildade tefatsgubbarna ska komma från, grymtade tv-chefen.

Folk uppmanades av Fredsänglarna att klä sig i vitt och lägga alla politiska och religiösa ideologier åt sidan. Men rörelsen kom snart att utvecklas till en ny religion.

Till att börja med tog inte myndigheterna någon större notis om de vitklädda som utgjorde Fredsänglarnas miljonhövdade fans. Media rycktes med och vanligt folk ansåg att lite oskyldigt fredsbudskap i en orolig värld kunde väl inte skada.

Även om de flesta skakade på huvudet åt deras naiva förkunnelse sågs de som en troskyldig hop hippies som det var bäst att låta hållas. Visserligen betraktades de vita, fotsida proselyterna som milt störande när de ockuperade parlamenten och myndighetsbyggnaderna. Men de var mer att betrakta som harmlösa än farliga – trodde man.

– Hur fan kan folk tro på den här smörjan? kommenterade tv-chefen bilderna på tv.

– Det gäller bara att se till att tillräckligt många beter sig idiotiskt, då kommer de få som vägrar framstå som idioter, sa producenten och lutade sig bakåt i fåtöljen.

Fredsänglarnas dvärgliknande kroppsbyggnad och identiska utseende tycktes med jordisk referens antyda att de var enäggstvillingar. Men de sa att alla såg likadana ut från den planet de kom ifrån – utom den onda rasen som härskade där. Den onda rasen hade potential att se individuellt olika ut och kunde förställa sig till att likna vem som helst, hävdade de.

De ville varna för att de onda på sin planet kommer att angripa oss. Att vi måste följa Fredsänglarnas råd om att sluta oss samman i en världsregering.

– Inga världsreligioner uppstår idag, förklarade producenten. Vet du varför? Jo, för att folk inte längre tror på gudar. Det enda som kan få folk att tro på en ny religion är om den baseras på utomjordiskt liv. UFO är dagens version av spöken och gudar, de är teoretiskt möjliga. Okej, de följer visserligen inte strikt vårt manus, men deras budskap är ju hyggligt.

– Alla läror har väl börjat hyggligt, gruvade sig tv-chefen.

Så var det då dags för presskonferens där Fredsänglarna för första gången skulle frågas ut:

– Varför ska vi tro på er, frågade en nervig reporter på den tumultartade presskonferensen.

Reportrarna tystnade tvärt när den ene fredsängeln, kallad Uto, gav besked:

– Av samma anledning som vi tror på er.

Forskare bedömde att de kommit från en hitintills okänd planet kring stjärnan Vega cirka 25 ljusår från oss. Planeten döptes till Utopyno efter namnen på Fredsänglarna: Uto och Pyno.

– Nej, nu jävlar tar jag min hand från detta! utbrast tv-chefen efter presskonferensen. Det börjar bli obehagligt. Gå ut och dementera allt; säg att vi hittade på historien som ett skämt!

– För tidigt, sa producenten. Vi kan suga på karamellen lite till, timingen, vet du.

– Dementera nu! röt tv-chefen. Det här har börjat bli en masshysteri som kan vara farlig.

WTV avslöjade bluffen, men för sent. Alltför många trodde redan på historien och dementin fick i stället rakt motsatt effekt. Folk menade att förnekandet var ett led i konspirationen, att de försökte tysta Fredsänglarna och deras budskap.

Inte heller hjälpte den förhandsgjorda dokumentären från WTV, där man avslöjade hur man planerat allt in i minsta detalj. Dokumentären sågs av miljarder människor och blev katastrofal. Folk upplevde dokumentären som ytterligare ett led i komplotten att mörklägga sanningen.

Tv-bolaget WTV började inse att de tappat kontrollen och påmindes om Roswell; den lilla staden i New Mexico där ett tefat påstods ha kraschlandat 1947. Först när myndigheterna började tillbakavisa påståendena tog ryktena fart.

Regeringarna världen runt beordrade nu FN att ingripa för att avbryta galenskapen.

Men de enda som kunde stoppa uppståndelsen var de två som gett upphov till den – Fredsänglarna. WTV meddelade att de, tillsammans med världens ledare och huvudpersonerna själva, skulle tillkännage sanningen i en direktsändning.

Fredsänglarna ämnade hålla tal till hela världen i FN-byggnaden och övertyga sina fans om att de inte var riktiga utomjordingar. Programmet kom att ses av praktiskt taget alla på jorden.

– Nu rasslar pengarna in, flinade producenten. Vad var det jag sa?

Efter att programmet påannonserats gick ordet till de som kallat sig Fredsänglarna och förlett en hel godtrogen värld. De stod tillsammans med sina anhängare, FN:s generalsekreterare, stormakternas presidenter, påven, Dalai lama och en mångfald andra profana och andliga dignitärer.

Fredsänglarna tittade in i kameran då den ene som benämndes Uto tog till orda:

– Vi ville sprida fred till världen. Vi uppmanade folk att besätta regeringsbyggnaderna i fredens tjänst därför regeringar under tusentals år inte kunnat uppnå fred på jorden.

– Det där är ju inte vad de skulle säga? mumlade tv-chefen.

– Vi lyckades också, fortsatte Uto. Men nu förnekar världens ledare oss!

– Vad fan säger han?! utbrast tv-chefen till sin lika förvånade producent då Pyno fortsatte:

– De förnekar att vi är utomjordingar. Men lyssna inte på dem. De tillhör den andra rasen från vår planet och har tagit över regeringarna! Det är vi som är de fredliga. Hemligheten är ... ledarna tillhör den onda rasen!

– Bryt för fan! skrek tv-chefen medan Uto åter tog över mikrofonen.

– Men bryter vi nu kommer folk bli övertygade om att de talar sanning, försökte producenten medan utomjordingarna eldade på sina anhängare över hela världen.

– Bryt! vrålade tv-chefen då producenten tveksamt famlade med reglagen.

– Döda omedelbart alla politiska ledare och storma WTV! Det är en order som måste åtlydas om inte världen ska gå under! hann Fredsänglarna framföra innan tv-sändningen bröts.

– De kommer att anfalla tv-stationen här och döda oss! ylade producenten.

– Döda? förvånade sig tv-chefen. De skulle ju för fan vara fredsaktivister?

– De ... de ... är militanta fredsaktivister!

– Jaha? Som runda fyrkanter, då? Nu pallar vi oss härifrån illa kvickt!

*

– Ni vet lika bra som jag, gläfste USA:s president till Fredsänglarna där världsledarna hölls som gisslan, att världen inte styrs av några jävla utomjordingar.

Fredsänglarna vände sina ansikten mot presidenten i ett leende och kvittrade unisont:

– Jo ... nu gör den det.

—

Allt handlar om kontakter och Kennet Tell saknade sedan länge all kontakt med övriga mänskligheten.

– En dokusåpakändis får ge ut en bok, trots att den i tal knappt kan få ihop en hel mening.

Kennet Tell avvisade föraktfullt kändisvärldens glam som en språngbräda till framgång.

– Aldrig att jag låter mig förnedras i tv, det är inte värdigt.

Samtidigt insåg han att världen inte är värdig, att den inte är rättvis och ska man verka i den här världen måste man kanske acceptera dess spelregler och vara...

– En jävla medieblottare? En sådan som lider av grav rubrikabstinens om den inte är på löpet varje vecka? En som lever under mottot att synas utan att verka? Ska man verkligen behöva dansa, jönsa sig och laga mat i idiotprogram, eller säga röv på bästa sändningstid? Aldrig!

Bitterheten och avundsjukan över alla framgångsrika och insikten om att han redan var för gammal hade tärt på både kropp och själ.

– Uppenbarligen måste man vara bög, narkoman eller kriminell för att lyckas i den här förljugna världen. Helst också stå och sörpla billig champagne på glittriga partyn och flina in i en kamera tillsammans med tvekönade missfoster.

”Världen styrs av dessa medievana ordrunkare. Nollor som pratar mycket men säger intet”, beskrev Kennet Tell det: ”Jag är inte med i media, alltså finns jag inte.”

– Tidigt kom jag till insikt; bra eller dålig konst avgörs av *vem* som skapat verket. Om en oetablerad författare inte håller sig till den röda tråden anses storyn spreta för mycket. Om en erkänd författare eller kändis gör sammaledes kallas det mångfacetterat.

När även veckotidningarna ratade hans manus, prövade han att publicera gratis på internet. För en anonym skribent bland alla andra på nätet finns dock inte mycket respons: ”Inte glänser väl en kristallklar droppe i ett förorenat hav?" uttryckte han lyriskt det.

– Bättre vore om de skrev att jag är usel än inget alls. Det är den här jävla tomheten jag bara inte står ut med – att ingen reagerar – som om man skriver rakt ut i ett vakuum.

De få gånger han fick gensvar blev han ofta missförstådd. Något som nästa novell, baserad på en tv-sketch, drastiskt handlar om.

– Jag vet inte vad värst är: att de inte skrattar åt mina skämt eller när de skrattar åt mitt allvar.

Upprepade gånger gav han upp skrivandet men återföll lika troget.

– Jag kanske är en återfallsförfattare, besatt av berättandet? Skrivandet är som alkoholism.

Och Kennet Tell hade erfarenhet av bådadera.

Ett mysterium är hur Kennet Tell fick pengar till mat och husrum då han saknade jobb. Något han skojade bort med "likt Faust har jag sålt min själ till Djävulen". Och: "Om man inte kan skratta åt sig själv kommer någon annan att göra det." samt: "Självironi är konsten att i tid slå undan vapnet för den som tänker driva med dig". Eller det mer drakoniska: "Att slå ihjäl fienden med dess egna vapen är en sann njutning".

Samtidigt tyder mycket mellan raderna i hans texter på att det hela inte bara var skämtlynne. Någon eller något gnagde i hans sargade själ som pockade på en revansch:

"De flesta stora framgångars motor är en hämnd i förklädnad" och "Att inte låta sig knäckas är en gruvlig och rättvis hämnd på de som försökte".

– Såsom parasiten och värddjuret hatar vi varandra lika mycket som vi behöver varandra. Livet är denna diaboliska symbios: Som Gud behöver Djävulen behöver Djävulen Gud.

En paranoid människas fyllesvammel? Nej, det fanns bokstavligen en i hans plågade liv som spökade – en Djävul med stor bokstav.

– Jag har en skamsen bekännelse. Jag är köpt, köpt och det är Djävulen som mig köpt!

Bekännelsen

© 2005

Humor är inget att skämta om.

– Dessa fester kan döda, suckade Kim när han motvilligt försökte knyta slipsen.

– Äsch, du brukar ju kunna liva upp dem med dina historier, sa Soltana och hjälpte honom.

– Jag har inget gemensamt med dina fina musikvänner när ni pratar kompositioner.

– Vi får prata om annat så du inte känner dig utanför, log Soltana. Så, nu ser du "fin" ut!

Soltana, en framstående musikkompositör med svaghet för det ockulta, som gjort succé med verket Eko där hon sammanställt hela musikhistorien i en symfoni. Hennes man Kim, raka motsatsen, en vanlig, jordnära snickare. Visserligen stolt över sin firade fru men kände sig malplacerad i hennes sofistikerade krets och förstod sig aldrig på musiken.

Dock var det udda paret lyckliga tillsammans och de älskade verkligen varandra trots olikheterna eller kanske just därför. Det var när Soltana skulle träffa sina "fina" vänner som Kim kände sig utanför. Han ville gärna driva med dem, även om han försökte hålla igen.

– Ska du verkligen dricka mer? anmärkte Soltana när Kim svept den tredje whiskeyn innan andra paret ens anlänt.

Kim ville bedöva sig innan för att uthärda musikpratet som han inte begrep och inte ville begripa. Det är helt enkelt inte min värld och då måste man fly in i en annan, tänkte han.

– Ben och Nicole är trevliga och du kan dra dina skämt som alltid går hem, sa Soltana.

De har ungefär lika mycket humor som en fläktrem, tänkte Kim för sig själv och blev sugen på att driva med hela sällskapet; särskilt med den stele Ben.

Paret anlände till Soltanas och Kims villa för en lättsam soaré. En fest som skulle ändra allt.

– Oh, så fin klänning! utbrast Soltana över Nicoles klädval.

Kim såg ingen skillnad på den klädedräkten och de andra trasorna hon brukade ha när de träffades och Ben såg lika stel ut som de plankor han spikade upp på sitt jobb.

– Jag tog med mig en flaska druvsaft, log Nicole och visade en fin Cabernet Sauvignon.

Alltid detta jävla vinblask, tänkte Kim som beslöt sig för att hålla sig till det tyngre artilleriet. Det fick bära eller brista, Kim tänkte supa till i kväll och då dög inte vin.

Efter de inledande artighetsfraserna och lite småprat om väder och vind satte sig sällskapet till bords. Denna kväll verkade så här långt vara som alla andra träffar.

– Vi har väl alla gjort lite hyss i ungdomen, sa Nicole.

Efter maten satt man och småpratade om gamla ungdomssynder.

– Ja, bortsett från att jag snott en del musik, skrattade Soltana, så snattade jag minsann i en affär en gång när jag var barn.

– Ojdå, ja, jag trimmade min moppe kommer jag ihåg. Har du begått något brott någon gång? frågade Ben och vände sig till den nu ganska onyktre Kim.

– Ja, jag mördade faktiskt en kille en gång, sa Kim.

Samtalet stannade upp och en pinsam tystnad la sig över rummet tills Nicole kände sig tvungen skratta till lite för att bryta förtegenheten:

– Ja, du ska alltid spetsa till det lite extra, Kim, sa Ben.

– Ja, en fyllegrej bara; inte meningen, jag grävde ner liket och sen var allt glömt. Skål!

Åter la sig tystnaden i rummet och ingen visste hur man skulle ta sig ur den riktigt. Kim var känd som en skämtare och kunde konsten att hålla masken.

– Lite mer vin? sa Soltana för att komma ifrån förlägenheten.

– Menar du allvar? frågade den humorlöse Ben.

– Ja, vi skulle väl avslöja våra ungdomssynder.

– Men det är ju fruktansvärt? sa Ben.

– Sluta nu, sa Soltana till Kim. Du ska inte dricka mer.

– Så farligt var det väl inte, sa Kim nonchalant. Sånt som händer i fyllan.

– Är du allvarlig nu? frågade Nicole som avbröts av Soltana.

– Nu slutar du skoja om sånt.

Samtalet tog slut och Soltana förde in konversationen på ett annat spår för att få slut på Kims plumpa sätt att förstöra hennes bjudning.

Dagen efter vaknar Soltana och hittar sin man sovandes i soffan i samma ställning som han slocknade i kvällen innan. Irriterat ruskar hon i honom att han ska vakna:

– Varför förstörde du festen igår?

– Förstörde? rosslade Kim sömndrucket.

– Ja, ditt råa skämt. Det var verkligen inte passande. Vad menade du egentligen?

– Kommer inte ihåg något, mumlade Kim och vände sig om för att sova vidare.

Soltana fattade inte. Visserligen brukar Kim bli lite fullare än de övriga på festerna och visst har han en speciell humor, detta var ändock inte likt honom.

Medan hon lät Kim sova ruset av sig började hon så smått göra morgonbestyren men tankarna fanns där hela tiden på festen kvällen innan och framförallt på vad Kim berättat.

Soltana slog bort de envisa tankarna och försökte koncentrera sig på att röja undan efter festen då telefonen ringde.

– Tack för igår! kvittrade Nicole i telefon, det var trevligt.

– Ja, jo, men ni får ursäkta min man. Vet inte vad som flög i honom.

– Du menar det han sa? undrade Nicole.

– Ja, han blev lite för berusad och han har så bisarr humor, du vet.

– Tänk om det är sant? sa Nicole och tillfogade ett fniss.

Soltana blev helt stel då Nicole bara bekräftade hela morgonens oro hos Soltana.

"Tänk om det är sant", for runt i Soltanas huvud hela förmiddagen medan Kim sov. Meningen som Nicole slängt ur sig kunde inte lämna Soltana och ju mer hon tänkte på orden desto mer trodde hon på allvaret i dem.

Tänk om det är sant? Tänk om hon i alla år varit gift med en mördare? Det är ju i fyllan som sanningar kommer fram och inte ens Kim skulle väl kunna skämta om något så besynnerligt; dessutom verkade bekännelsen trovärdig – övertygande trovärdig.

Äsch, tänkte hon, vad inbillar jag mig? Klart inte Kim är en mördare. Kim, som är en sådan gullig man som alla kvinnor önskar sig. Humor och varm, och kanske – en som brutalt haft ihjäl en annan människa! Nej, inte dessa tankar igen.

Kunde denna underbara man ha dolt en mörk sida för henne under alla år?

Kim började vakna till en dagen-efter-torka som fick Soltana att rysa av obehag.

– Oh, blev visst lite mycket igår, sluddrade Kim på väg ut till badrummet.

– Du ska kanske inte dricka så mycket, snäste Soltana efter honom.

Kim hade hört litanian förr. Denna gång lät dock tonen från Soltana lite väl hård, tyckte han medan han försökte borsta bort den äckliga smaken i munnen.

– Du gjorde bort dig rejält igår, sa hon högt till Kims gurglande vid handfatet. Riktigt rejält!

Soltana visste inte hur hon skulle säga det, men hon måste fråga honom om vad han sa.

Hur frågar man en människa som man älskar och som man levt lyckligt med i alla år om den dödat en människa? Samtidigt kunde inte Soltana leva med ovissheten inombords, hon måste få veta. Hon ville inte tro det, ändå slogs hon av tanken på att alla närstående till mördare antagligen tänker likadant: inte min man. Likväl vandrar ju mördare mitt ibland oss.

– Kommer du ihåg vad du sa igår? trevade Soltana när Kim hade piggnat till.

– Ja, inte mycket, skrattade Kim.

– Kommer du ihåg efter middagen när vi skulle bekänna våra ungdomssynder?

– Ja, jo lite grann kanske?

– Du sa att du ... dödat en i din ungdom?

– Nej, kommer jag inte ihåg, skrattade Kim.

– Varför sa du så, då? Är det sant eller?

– Äh, ett skämt begriper du väl. Du tror väl inte...

– Du kom ju inte ihåg, sa du. Hur kan du då veta att det var ett skämt?

Dagen efter grälet med maken går Soltana till polisen för att fråga lite diskret om någon försvunnen person från tiden då dådet skulle ha skett.

Polismannen ville ha mer precisa tidpunkter än de vaga som Soltana kunde uppge men lovade att kolla upp saken. På polisens fråga om varför hon ville ha uppgifterna och varför hon var så angelägen, hade hon inget bra svar annat än generande stamningar. Hon kunde ju inte säga ...

Eller skulle hon fråga om något mord under den här tiden, eller rent av säga som det var? Berätta vad hennes man sagt på kvällen? Säga i klartext vad hon misstänkte: att hennes man kanske mördat en människa i sin ungdom?

Hemma igen efter polisbesöket reflekterade Soltana över alltihopa. Hade hon bara överreagerat på ett dåligt skämt som hennes man kläckt ur sig i fyllan?

Hon skämdes över sina misstankar mot sin älskade man, världens snällaste.

Kim å sin sida kände inte igen sin fru efter den där festkvällen. Han förstod inte varför hon bråkade om att han drev med hennes fina vänner som han tyckte förtjänade ett rejält spratt.

Soltana försökte hålla tillbaka sina farhågor men blev inte kvitt dem. Hon måste få veta.

– Nicole trodde på det, sa Soltana.

– Den tjattrande papegojan ...

– Så kan du väl inte säga...

– Okej, jag ber alla papegojor om ursäkt för att jag jämförde dem med Nicole.

– Har du dödat någon?

– Är du inte klok?!

Förhållandet mellan Kim och Soltana blev alltmer spänt och samlivet upphörde. Soltana äcklades av att hon kanske låg med en mördare.

De pratade inte längre med varandra och Soltanas ständiga avvisande gjorde Kim sur och det forna lyckliga äktenskapet kunde bara sluta på ett sätt – skilsmässa.

Paret kom att gå skilda vägar i bitterhet och Soltana fortsatte letandet efter en död kropp.

Titt som tätt uppvaktade Soltana polisen om något mord, vilket de inte kunde bekräfta då ett mordoffer saknades. Någon död kropp måste ju finnas, tänkte hon.

Efter den uppslitande skilsmässan började Soltana tvivla på sitt omdöme och ångrade sina misstankar mot sin före detta man. Kunde de kanske försonas?

Men allt var för sent. Den annars så glade Kim hade sjunkit ner i depression och spriten började ta ut sin tribut.

I ett sista försök att träffa Kim uppsökte Soltana honom för att prata ut om allt och kanske för att börja om igen. I hans ungkarlslägenhet gjorde hon upptäckten.

Kims kropp hängde i en snara och på bordet låg en handskriven lapp med texten:

"Soltana! Nu har du funnit den enda man jag tagit livet av."

—

– Det är precis som om mina figurer och hela berättelsen får eget liv och ibland går i en riktning jag inte planerat. Om jag inte är herre över mina egna skapelser, är jag då bara en budbärare för en högre litterär gud? frågade sig Kennet Tell och fortsatte:

– De jävlarna gör ibland sådant jag inte vill, sa han om sina rollfigurer. De överraskar mig, lever sina egna liv och är lika bångstyriga som de av kött och blod.

Kennet Tell lär en gång ha sagt "att vara författare är att vara Gud." Senare upptäckte han att: "Vi tror vi har makt över våra beslut, men har vi alls det? Frågan är om ens Gud har makt? För makten tycks alltid ligga någon annanstans och ingen vill kännas vid att äga den".

– Makten, ja. Har statsmännen den makt de själva och väljarna intalar sig? Eller är de enbart marionetter för historiens kausala lagar i bra dagar som i dåliga?

Han kom även in på filosofins kanske största knäckfråga: har vi en fri vilja, som här fick ett lika tvärsäkert som finurligt svar:

– Nej, vi har ingen fri vilja; vi är nödtvungna till att agera som om vi hade en.

Till att ifrågasätta själva frågan i sig, om den fria viljan kanske är fel ställd:

– Fri från vad? Från oss själva? För allt avgörs ju om vi *har* en kropp eller *är* en kropp.

I datorskärmens spegelbild skymtade han konturerna av eremiten, sig själv och skådade bara en maktlös och ensam själ i en ofri och gudlös värld.

– "Gud är inte död – Han har aldrig varit levande", sa jag till min fru när hon skyllde på Honom och Nietzsche innan hon gudlöst försvann tillsammans med hoppet om en framtid.

Kennet Tell konkluderade: "Det som håller religionen vid liv är inte den fromma tron utan enbart en fruktan för hinsidan, är jag rädd". Han hävdade att all respekt kommer av rädsla:

– Ja, respekt är bara ett annat ord för fruktan. Vi respekterar endast de och det vi i något avseende räds för. "Du ska frukta din Gud" heter det ju.

I sin gudsförnekande avskildhet hade han ändå, likt Jakob, brottats med Gud i den outgivna boken "Tankar om tillvaron" och i den mer hädiska satiren "Artificiell Advent". Den sistnämnda skulle antagligen renderat en ekumenisk fatwa om den uppmärksammats och om inte...

– Svenska kyrkan lämnat den Augsburgska bekännelsen till förmån för den absurdistiska bekännelsen och numera sitter i lögn och tro utan en gud.

Trots en grundmurad ateism kunde han likväl inte låta bli att tänka på Honom när dödsångesten steg i takt med åldern. I sina uppbyggliga stunder kunde han spydigt säga: "De som har lyckats här i livet är inte de som bett till Gud, utan de som gett sig fan på en sak!"

– Ändock finnes inget mer enande och splittrande än dessa juvenila amsagor vi kallar religion.

I sin depressiva och mest mörka dalgång önskade han nog ändå att det fanns någon ovan där som ville lyssna. Någon gud som är lite som Kennet Tell ville att Han skulle vara.

Och Han talade till honom

© 2006

– Gode Gud, jag ber dig. Tala till mig, hjälp mig!

Aldrig hade väl Östen kunnat föreställa sig att han skulle knäböja och be till den gud han alltid förnekat och först då insåg han sin desperation. Med en känsla av skam krälade han nu i stoftet och bad om hjälp – en sista hjälp innan han tänkte avsluta allt. Vad fanns att förlora?

– Gode Gud, hjälp mig; tala till mig, stönade Östen fram i sin lägenhet som han nu vräkts från och måste lämna inom kort – levande eller död.

Även om Östen aldrig varit troende var hans bön uppriktig, mer uppriktig än kanske någon troendes bön varit.

Han hade finslipat detaljerna för hur han skulle lämna detta jordiska och undanträngt rädslan för gärningen genom att undersöka den bästa metoden att somna in smärtfritt.

Livet, det enda vi har, hade blivit en plåga för honom med alla motgångar staplade på varandra. Allt som höll honom uppe nu var planerna på att avsluta allt. Han emotsåg döden som en befriare.

– Gud, om du finns, hjälp, ljöd hans ynkliga och underdåniga stämma.

– Ja, ja, vad är det nu, då? hördes en dov stämma.

Östen trodde inte sina öron. Han hörde en röst, en röst som besvarade hans förtvivlade bön om hjälp. Hade han blivit galen och börjat höra röster?

Efter att ha och förvissat sig om att inget i lägenheten spelat honom något spratt pep han fram en vädjan med huvudet uppåtböjt:

– Är det Gud?

– Du får nackspärr om du ska sitta och stirra upp i skyn hela kvällen, hördes rösten. Vad sägs om att ses nere på puben och ta en öl?

Östen blev helt perplex; trodde han hallucinerade, gjorde sig kvickt i ordning och skyndade sig ner till puben. Spänt satt han och väntade vid en öl.

– Skönt att komma ner och vara som en vanlig människa någon gång.

Östen tittar häpet på den store skäggige farbrodern i storrutig skjorta intill som är ...

– Ja, ja, sa Gud, jag hade inget annat att ta på mig i hastigheten. Det fick bli något som en döing kom upp med i eftermiddags.

– Är du ... du ... Gud? stammade Östen.

– Ja, du ville ju prata en stund och jag hade lite tid över, sa Gud och satte sig lugnt tillrätta.

– Men, men ... Jo, jag undrar. Varför all denna ondska och sorg som...

– Vem fan är du att komma här och säga hur jag ska regera?

– Du svor?

– Ja, det är ju för helvete jag som infört dem. Vore väl själve fan om jag inte skulle få begagna ederna själv.

Östen petade på gud för att försäkra sig om att hans materiella verklighet.

– Ja, ja. Jag har materialiserat mig ser du väl och sluta tafsa. Du vet vad jag tycker om bögerier.

– På tal om det. Varför har du skapat bögar när det är fel?

– Ah, alla kan väl ha en dålig dag. Och förresten, hade ni inte haft bögarna, vart skulle ni då gå för att klippa er?

Östen visste inte vad han skulle tro längre och tog en stor klunk öl för att försöka svalka ner hjärnan. Sådant här händer inte, tänkte han medan han studerade Gud. Var det ett skämt alltihopa. Inte kunde denne man vara Gud.

– Skojar du med mig? frågade Östen i ett sista försök att bringa klarhet.

– Jag har väl aldrig varit känd som en stor komiker, sa Gud och förde ölglaset till munnen.

– Du är inte som jag trodde.

– Du har aldrig trott på mig i någon skepnad, svarade Gud och kvävde ett ölrap.

– Jag menar ... du är inte som man tänker sig, utan mer som en vanlig människa.

– Äh, du har bara gått på kyrkans heliga bild av mig som en tråkmåns. Men visst, man blir inte munter precis i den här branschen.

Östen tittade sig oroligt omkring i lokalen, ingen mer visste vem han samtalade med, om han ens själv visste. Om det var ett skämt förstod han inte vem som arrangerat ett så perfekt practical joke. Vem mer än Gud kunde veta att han hade bett?

Kunde denne cyniske, trinde gubbe vara Gud och varför kom han ner enbart för honom...

– Du bad ju för fan till mig, avbröt Gud Östens tankar.

– Ja, jag bara tänkte, svarade Östen förvånat över att han läste hans tankar samtidigt som han förstod att bara en kan göra det.

Det kan inte vara sant, ändå är det sant, tänkte han. Han hade mött Gud, den som alla pratat om – och Han talade till honom.

– Brukar du ofta förvandla dig så här?

– Nej, blir inte mycket tid till det numera, men ibland är det skönt att få slippa alla döingar.

– Jaha? var allt Östen fick fram.

– Jag beställer två till, sa Gud och vankade bort mot disken.

Östens tillfälliga bekant, journalisten Peter Lorin, går förbi och Östen säger stolt att han mött Gud.

– Trevligt, jag trodde du var en inbiten ateist?

– Nej, han står där borta, sa Östen.

– Ja, ja, sa Peter Lorin och gick iväg med en medlidsam min.

– Jag har levt i synd med en kvinna, sa Östen när Gud kommit tillbaka med två nya öl.

– Ja, i dessa tider får jag väl vara glad över att det inte var en get.

– Jag har även ägnat mig åt självbefläckelse; kommer jag till helvetet nu?

– Om jag skulle skicka alla till helvetet som okynnesrunkar vore det överfullt nu.

– Jag fattar ändå inte hur du kan styra över en sådan grym värld som denna likväl är?

– Försök själv att ha jour 24/7 för alla människor med dödsångest, depression och nageltrång?

Östens melankoli var tillfälligt över då all uppmärksamhet nu upptogs av det bisarra och surrealistiska mötet med Gud. Jag måste ha blivit galen, tänkte han.

Hur kan jag analysera situationen och ändå vara galen? tänkte han vidare medan Gud lugnt sörplade i sig av ölen.

Östen hade inte druckit mycket av sin öl då han ville vara säker på sina sinnens tillförlitlighet, men nu tog han en rejäl klunk.

– Du verkar vara ganska blasé? försökte Östen.

– Det blir man. Tänk själv, sitta i en evighet och bara höra gnäll och ändå inte bli trodd.

– Du förefaller rätt cynisk också, för att vara ärlig.

– I detta jobbet kan man inte bli annat än cynisk. En yrkesskada, helt enkelt.

Guds svarta humor och flegmatiska sinnelag hade gjort att Östens förtvivlan släppt. Han kände till sin förvåning sig väl till mods då han frågade Gud om allt han velat fråga:

– Vad är meningen med livet? frågade Östen.

– Att fylla det med något du tycker är meningsfullt. Att ha roligt helt enkelt.

– Är det allt?

– Ja. Humor kan liva upp den tristaste begravning, som jag brukar säga.

– Jag trodde kanske meningen var något mer eller högre, djupare?

– En del tror att meningen med livet är att ständigt söka en mening med livet; det kan dysterkvistarna göra och är verkligen meningslöst. Livet blir inte roligare än vad du gör det till. Take it or live it, som tysken säger.

– Det är engelska?

– Ja, ja, inte lätt att hålla reda på alla femtusen språk ni har.

Någon knuffar till Gud vilket leder till en hotfull situation där Östen försöker avstyra med:

– Han är Gud!

Alla tystnar för ett ögonblick innan samtliga slutligen brister ut i skratt och går.

– Varför reste du dig inte upp och sa med hög röst: jag är Gud!?

– På en pub efter några öl? Jag gjorde det en gång i Dublin och låg två minuter senare utskrattad i rännstenen. Nä, du.

Gud visade sig ha humor och distans och var ljusår från den kyrkliga bilden av Honom. Vare sig han var Gud eller inte hade han gjort Östen gott. På mycket länge kunde Östen skratta igen.

Östen log åt Guds cynismer över sin bångstyriga hjord och som han kunde känna igen sig i.

Gud föreföll mer som en kompis man kan prata lite skit med och han verkade väldigt tolerant med de mänskliga brister vi alla har. Kunde det vara så? Vi ska ju vara en avbild av Honom, så varför inte?

Det var mycket han ville fråga Honom om nu när Han ändå fanns här. Varför inte passa på att pressa Herren på svar:

– Darwin då?

– Darwin, fnyste Gud. Han är överskattad. Lätt för honom att komma i efterhand och säga hur allt gick till, men att göra allt. Allt skitgörat. Och vem gjorde Darwin?

– Stör det dig inte med alla krig som många gånger förs i ditt namn?

– Jag kan väl inte hjälpa att en massa skenheliga jävlar ligger och pangar på varandra och sedan skyller allt på mig. Själv har jag aldrig avlossat ett skott, även om det ibland kan klia i avtryckarfingret.

Östen förvånades över att han överhuvudtaget vågade trotsa Gud.

– Men du har ju själv skapat oss som ofullkomliga.

– Ja, ja, ja. Jag har hört det där till leda. Skapa något perfekt själv då för fan!

– På tal om honom. Varför skapade du Fan?

– Alltid bra med lite konkurrens, vet du, sa Gud och svepte sista klunken öl. Nej, nu får jag nog sluta. Det kommer en dag i morgon med.

– Apropå det, jag måste fråga, vad ska hända med världen, ska den gå under?

Gud skrockade till lite:

– Vill du veta hur en film slutar innan den är klar?

– Nej ...

– Där ser du. Jag vet knappt själv riktigt, men det får bli något dramatiskt som är värdigt en Gud. Men, men, den tiden den sorgen.

Östen satt kvar en stund och smålog för sig själv och visste inte vad han trodde om denna osannolika händelse. Han hade i alla fall glömt alla sina problem och sedan den dagen var Östen aldrig mer deprimerad.

—

Kennet Tell skrev: "De som lyckas råkar bara vara på rätt plats vid rätt tid – inte mycket mer".

Han upplevde sig alltid ha varit i otakt med samtiden.

– Jag hör inte hemma någonstans. Det förefaller som om jag är född i fel tid. Fan vet om jag inte rentav hamnat på fel planet. Jag har aldrig varit en del av världen, mer en betraktare av den. Mitt återstående hopp står till att min tid kommer när min tid runnit ut.

Redan i ungdomen betraktades Kennet Tell av omgivningen som lite särpräglad, vilket han kommenterade så här:

– När man väl lär känna vanliga människor upptäcker man att ytterst få av dem är vanliga.

Och om att han kanske tillhörde en liten avvikande, obstinat och grubblande minoritet:

– Majoriteten glömmer att alla vi minoriteter tillsammans utgör en än större majoritet.

Isoleringen började ändå tära på honom; något han skojade bort:

– Det händer att ensamheten ibland avbryts när tråkigheten kommer på besök.

Författarskapet är ett ensamt jobb som kräver sin avskildhet och det passade Kennet Tell ...

– Ja, som den enstöring jag förmodligen var danad till. Varje gång jag varit fast med en kvinna saknade jag ensamheten. En skriftställares bästa vän. Men ...

Efter flera havererade förhållanden blev dock övergivenheten till en plåga och en vrede började gro. Han tänkte på exfrun som nu bara fanns kvar i hans nostalgiska hjärta.

– "Vi ska skiljas som vänner", sa hon. Men varför då alls skiljas? Jag visste nog inte vad kärlek var förrän den lämnade mig. Ja, det blev aldrig vi två som fick åldras ihop; och jag saknar kanske inte allt vi hade, fastmer allt som kunnat bli. Och hur många hjärtan krossar vi inte på vår tröstlösa vandring mot ett hägrande Shangri La.

Det var till henne tankarna ständigt gick i någon bitter hatkärlek han inte kunde vara utan:

– Jag älskar att hata dig och jag hatar att jag älskar dig men jag ...

Han blev mer och mer övertygad om att kvinnor med "diabolisk list" konspirerar mot mannen.

– För män är sex ett mål, för kvinnor ett medel. Och det är ändå alltid kvinnan som väljer. Problemet med människan är att själen är monogam, men kroppen polygam. Vi män kan inte beskåda en kvinna utan att visualisera henne med en fallos i munnen. Människan må ha pyntat fint omkring sig, köttsligt är vi ändock fortfarande kvar i grottan. Likafullt slavar under samma djuriska hormoner och den råa lustan som i fordom dagar. Men om detta talar vi tyst idag.

Otäcka fördomar, skulle normala människor säga men Kennet Tell hävdade:

– Det otäcka med fördomar är att när man väl skärskådar dem visar de sig påfallande ofta stämma.

Och slog fast:

– Fördomar är bara en annan benämning på empirisk statistik.

Kennet Tell uppsökte faktiskt motsträvigt en gång en psykolog. Hans dåvarande fru hade tjatat om dessas förträfflighet och att ett besök kanske kunde rädda deras förhållande.

– En sådan där överskolad och påfrestande socialtant. En som lutar huvudet lätt på sned och med mjuk, terapeutisk stämma pratar till dig som om du vore ett barn eller en förståndshandikappad. En som tycker allt är normalt och har en förståelse för allt och alla intill vansinnets gräns. Om jag så sagt att jag är kär i min brandsläckare hade humanisthäxan tvivelsutan sagt: ja, vi har alla djupt därinne en brandsläckare inom oss. Antagligen en som också ser döden, inte som ett slut utan som en *utmaning*. En sådan där som är så satans positiv att man blir förbannad. När terapikärringen slutligen insisterade på att jag skulle släppa ut all min inneboende frustration och jag så gjorde genom att be henne dra åt helvete. Ja, då var det uppenbarligen inte rätt respons.

Bitterheten över upprivna förhållanden var det enda som fanns kvar. Han var besviken på sina kvinnor som utvecklats till en misogyn inställning han inte ville kännas vid:

– Nej, jag är mer av en misantrop då jag oavsett kön hatar er alla lika.

Men den han hatade allra mest var nog sig själv: ”Vart fly när man blivit ovän med sig själv?”

En hjälpande hand
© 2007

Den lätta knackningen på dörren till doktor Fröjds psykiatriska mottagning fick honom att slå igen Hjalmar Söderbergs klassiker.

– Jaha, fru Len, antar jag. Helga Len, ser jag här, sa doktor Fröjd och kollade ner i sina papper.

Helga, vilket sammanträffande, tänkte doktor Fröjd och kunde inte låta bli att förtrollas av den betagande kvinnan som stegade in i hans besöksrum.

– Ja, jag har beställt tid för ett personligt samtal.

– Vad har ni för problem, fru Len.

– Kanske inte ett problem för en psykiatriker men jag visste ingen annan att gå till för att få en hjälpande hand. Och egentligen är det inte jag som är problemet.

Fru Len verkade behagligt försynt och nästan ursäktande då hon kommit till doktor Fröjds mottagning i sitt ärende, ändock angelägen.

Kanske var det fru Lens skönhet som fick doktor Fröjd att för ett ögonblick förlora sin professionalitet då någon mystisk aura omgärdade henne.

Hon verkade allvarligt oroad och samtidigt sval på ett nästan kusligt sätt.

– Vad är det för problem? sa doktor Fröjd.

– Min man är … egentligen problemet.

Inga fler äktenskapsproblem, tänkte doktor Fröjd. Sådant hade han haft nog av.

– Fast rätteligen är det väl religionen, sa fru Len.

– Religionen? återupprepade doktor Fröjd och blev med ens mer intresserad.

Religionsproblematik var doktor Fröjds specialitet och ämnet han doktorerat på.

– Ja, jag är prästfru, alltså min man Greg är pastor och är ...

Prästfru? tänkte doktor Fröjd. Och Greg som i Gregorius! Vilka sammanträffanden idag.

– Han älskar Gud mer än mig, om jag säger så, fortsatte fru Len. Han är flera år äldre än mig, men är inget problem egentligen ...

– Hur är ert samliv? frågade doktor Fröjd och kunde inte låta bli att snegla på fru Lens nylonklädda ben.

Doktor Fröjd försökte dölja sitt intresse genom att rätta till sina glasögon och titta i sitt papper.

– Vi har inget. Han vägrar att älska med mig och anser det vara syndigt, sa fru Len och växlade över sina korslagda ben.

– Då vore kanske en äktenskapsrådgivare en bättre...

– Det är mer komplicerat än så, avbröt fru Len. Vi har aldrig haft något samliv.

– Aldrig någonsin? undrade doktor Fröjd.

– Nej, köttets lustar är djävulens verk, säger han. Men jag är ju inte mer än människa.

– Varför lämnar du inte honom?

– Han vägrar skilsmässa, det är synd enligt religionen.

Doktor Fröjd kände till problematiken som ofta synes olöslig och lyssnade medkännande, vilket är allt man kan göra i sådana här fall.

– Ja, jag har varit otrogen med en älskare och skäms för det, men vad ska jag göra? Mitt samvete plågar mig ständigt för att jag fallit för frestelsen.

– Inte ska du skämmas över naturliga drifter vi alla har och är det egentligen otrohet om han nu vägrar?

– Enligt vår tro, ja.

Doktor Fröjd förstod att fru Len var lika fast i tron som hennes rigide make.

– Dessutom måste jag bekänna en dödssynd. Jag har inte bara slutat älska honom – jag hatar honom. Äcklas av honom.

– Det är vanligare än man tror och inget man rår över, sa doktor Fröjd och flyttade över till fru Len i soffan. Fullt förståeligt i ett dött äktenskap att känna avsmak inför sin likgiltige partner.

– Han slår mig med.

– Men då måste du gå till polisen...

– Då dödar han mig.

– Nej, han är ju troende och kan inte...

– Han har hotat att döda mig om jag går till polisen eller lämnar honom.

Doktor Fröjd visste att våld och hot inom äktenskapet är vanligare än man tror och att religiösa familjer inte är några undantag, snarare tvärtom. Detta verkade dock speciellt.

Fru Len hade gjort intryck på doktor Fröjd på flera sätt. Han blev ofrivilligt upphetsad av hennes berättelse om sin otrohet och hennes kropp utstrålade sensualism vilket förstärktes av det pikanta klädvalet.

Den skicklige doktor Fröjd, känd för sina kontroversiella metoder inom psykiatrin, hade tillfälligt tappat greppet inför den väna och sårbara fru Len. Ibland räcker inte psykologin till.

– Han *ska* döda mig, sa fru Len och föll i gråt. Han menar det.

– Seså, sa doktor Fröjd och höll om henne och kände samtidigt en eld tändas i kroppen.

När hon tårögd höjde sitt ansikte mot honom kunde han inte motstå frestelsen att kyssa henne, först lätt sedan passionerat och till slut erotiskt.

– Förlåt, sa hon och slet sig loss. Var inte meningen att det skulle bli så här.

Doktor Fröjd skämdes ännu mer och insåg att han gått över en gräns som en doktor inte får överträda då passionen tagit över hans förstånd.

Fru Len lämnade doktor Fröjd och mottagningen efter att hon fått en tid för återbesök. Kvar i rummet fanns bara parfymen efter en försakad och olycklig prästfru.

Doktor Fröjd skulle i lönndom besöka pastorn i hans kyrka för att luska ut vem han är och få honom att leva upp till sin kristna lära. Utom möjligen att älska sin hustru.

– Goddag, mitt namn är doktor Fröjd och jag vill prata om mitt äktenskap, ljög doktor Fröjd på det sätt som bara psykoanalytiker och skådespelare bemästrar.

– Ja, äktenskapet, ja, suckade pastor Greg. Visst är det ett egendomligt sakrament. Min hustru har tålmodigt stått ut med mig i alla år trots att jag är gammal och tråkig.

Till doktor Fröjds förvåning verkade pastor Greg vara en from om än gammaldags prost. Fast doktor Fröjd visste att inom varje människa finns två sidor och bland troende är dessa båda sidor mer disparata och att den ena också kan vara än mer svart.

Präster och psykiatriker rotar ju i de mörka av vårt inre, tänkte doktor Fröjd medan han lyssnade på pastor Greg. Båda sysslar vi med att påverka den själ vi egentligen inte vet något om.

Det fanns inget svavelosande eller fördömande över denne präst. Men dolde sig något annat bakom hemmets trygga väggar – en djävul som det så många gånger gör?

Tillbaka på sin klinik funderade doktor Fröjd. Han blev aldrig riktigt klok på den mänskliga naturen, trots att han borde vara den mest skickade till det.

Tiden gick och doktor Fröjd fick ingen ro då det en dag knackade på dörren som öppnade sig:

– Nu har han slagit mig igen! sa fru Len som kom in gråtande.

Det syntes tydligt ett svagt blåmärke sedan hon tagit av sig solglasögonen och doktor Fröjd tröstade åter den väna frun i sina armar.

Med uppbådande av all sin professionella kunskap fick han fru Len att lugna ner sig så han kunde nå henne. Alltmedan han själv brottades med sin attraktion till henne och den kluvna känslan av vad som höll på att hända.

Hur skulle han hantera situationen med sina känslor och hur kunna rädda henne från maken? Bokstavligt rädda henne från döden?

– Jag har pratat med honom och han verkade...

– Han kan manipulera, precis som ni psykiatriker, log hon. Ni sysslar ju båda med att egentligen föra folk bort från sina verkliga bekymmer genom att inge falska förhoppningar. Ni kan manipulera själen för att vi ska glömma den bistra verkligheten.

– Nej, men vi försöker ...

Orden tog slut för doktor Fröjd. Han insåg att det inte bara låg en hel del i vad hon sa utan att allt handlar om falskhet. Förnekande av skuggorna i livet.

– Ja, jag vet att du försöker trösta mig och jag är tacksam, sa fru Len och kysste doktor Fröjd på kinden – och lätt på munnen sedan allt intensivare och hungrigt.

Doktor Fröjd gick som i trans och reglade dörren till mottagningen. De slet av varandra kläderna och började en besinningslös älskog på golvet där de formligen åt av varandra.

Utmattad efter den heta akten insåg doktor Fröjd att han överträtt gränsen. Han var besatt av denna kvinna och måste inte bara rädda henne utan även vinna henne för evigt.

– Jag måste hem till min man. Kanske är det sista gången vi ses. Han *ska* döda mig!

Det snurrade runt i doktor Fröjds huvud; han måste få slut på hotet mot henne innan allt är för sent. Han skulle aldrig förlåta sig själv om han inte gjorde något – men vad?

Den fasansfulla insikten kom över honom, att inga aldrig så sofistikerade psykologiska metoder i världen kunde rädda henne från döden; nu krävdes brutal handling.

Doktor Fröjd vankade av och an och funderade medan han oupphörligen försökte förtränga de pockande känslorna och den hemska nödvändigheten av att göra det enda som gick att göra.

Hatet till hennes man var lika stark som passionen till fru Len och fick honom att fatta modet. Modet som behövdes för att befria henne från en snar död.

*

Doktor Fröjd tog ett Glas och tänkte på Brott och straff. Han, doktor Fröjd hade gjort en god handling som enligt lagen är den ondaste av dem alla. Ibland räcker inte lagen till och ibland räcker inte ens moralen till, tänkte doktor Fröjd. Han kände ingen ånger, bara ett lugn.

Ingen kommer misstänka en högt aktad psykiatriker, och allt såg ut som en olycka. En gammal pastor tar ett felsteg och slår huvudet i dopfunten i sin kyrka. Det var något poetiskt och symboliskt över dödsfallet.

Han, som ägde visshet om själens alla skrymslen blev förvånad över att han inte kände en tillstymmelse till ånger eller obehag.

– Har du hört vad som hänt? sa fru Len som kom inrusande till mottagningen.

Hon visste alltså inget och hon skulle heller aldrig få veta, tänkte doktor Fröjd; bäst så.

– Du är fri, sa doktor Fröjd, vi är fria och vi kan...

– Ja, jag borde väl sörja men...

– Nu kan vi älska ...

– Du gjorde det, va?

Passionen hade fått alla psykologins skådespelarkonster att rämna för doktor Fröjd.

– Jag visste ingen annan lösning, men nu är du fri!

– Ja, nu kan jag gifta mig med min älskare, sa hon och torkade av sig ”blåmärket”.

Hela doktor Fröjds värld rasade samman. Hon hade bara lekt med honom, använt honom.

*

Doktor Fröjd tog reda på allt om Helga Len och hennes äktenskap med pastor Greg och då framkom en annan bild – en HelgaLen bild.

Pastor Greg var den trakasserade och fru Len en argbigga. En ondskefull kvinna som plågat sin man. Doktor Fröjd hade slagit ihjäl en gammal godhjärtad och hunsad pastor.

– Du har lurat mig, din satans häxa! skrek doktor Fröjd sista gången de sågs.

– Ska du gå till polisen? skrattade Len. Ja, du var min hjälpande hand för att bli av med den stöten och få ut arvet. Ibland räcker inte psykologin till, va? Inte ens litteraturen.

—

Novellen En hjälpande hand kallade han "en cover på en bok". De litterära giganterna fascinerade Kennet Tell där en beundran, avundsjuka och ett förakt blandades till en, som han själv kallade "vämjelig sörja" och där han även slog fast: "På min kammare räddes jag icke att lustmörda dem alla".

– Jag är kanske ingen Shakespeare, men i eftertankens kranka blekhet – är han så jävla bra? En överskattad ikon som alla måste högakta för att känna sig lite finare än pöbeln. Hur många läser honom? Hans uppstyltade språk på blankvers är rent ut sagt outhärdlig. Till och med Tolstoj ifrågasatte Shakespeares talang. Och hur rolig är för övrigt Tolstoj?

Och frågade sig beträffande James Joyce Ulysses, "är här någon levandes själ som läst hela?"

Alla de stora dramatikerna fick utså hämndlysten kritik och inte sällan nesliga personangrepp:

– Norén, lika skruvad som den vingmutter han liknade. För att inte tala om Ingmar Bergman, denne nationalklenod har kunnat göra vilket skit som helst utan att folk vågat opponera. Hans jävla barndom och förbannade överklassångest har vi sett trehundrafemtioelva gånger; ideligen gestaltat av stenstoden Erland Josephson, med en karisma i nivå med en cementblandare. Ingmar Bergman är helig. Att ifrågasätta geniet Ingmar Bergman är likvärdigt med att ha ritualmördat Moder Teresa. Alla dåtidens intellektuella wannabes började till och med att stamma, för det gjorde ju och den store dämonregissören. Och alla skulle givetvis ha ångest, annars var man inte klädd.

Kennet Tell härmade Ingmar Bergmans "kulturstamning", som han kallade det:

– Du, du, du, du, du, du jag har sån jävla ångest sörru, och fullföljde slakten av honom: Den fascistoide horbockens ande låg som en våt, stinkande filt över svensk film i decennier. Hans talanglösa och fisförnäma rövslickare till adepter fortsatte att med skattepengar spy ut kvasiintellektuella filmer så tråkiga att man såg fram emot reklampauserna.

Han läste om en diktare som hamnat i 40-årskris och fått idétorka.

– ”Det ska göra ont att skriva”, påstod en pseudo-deprimerad, svartklädd posör. Nej, men det gör fan i mig ont att läsa ditt pretentiösa dravel, domderade Kennet Tell och fortsatte: Ha! 40-årskris, skröt tönten med. En klyscha han hört någon annan efterapare säga på tv. Ett säkert tecken är: När en mening blivit en klyscha har den mist sin mening. Klyschor är just till för de som slutat att tänka; i nämnda fall hade han nog inte ens börjat. Jag har aldrig haft någon jävla 40-årskris, däremot 40 år av kris. Slå det, din fan!

Även den moderna poesin hade Kennet Tell försökt sig på ...

– Jag skrev en gång en dikt jag slipade och slipade på tills intet mer fanns kvar – och lika bra så. Den vackraste poesin är den man slipper. Vem har hört träd viska eller sett ångesten galoppera som en häst? Poetjävlar som låtsas vara svåra med sina högtravande metaforer!

Han ironiserade över den moderna diktkonsten som han kallade ”ordbajs”:

– Numera ska ju dikter inte ens rimma; måhända därför de tycks mig helt orimliga.

Han avundades de etablerade författarna.

– Jag gav slutligen ut en bok på egen hand. Den sålde i ett exemplar. ETT exemplar. Ett jävla exemplar som antagligen köptes av någon stackare i förvillelse. Jag tänkte på det när jag passerade Björn Hellbergs bokbord där han satt och signerade sina böcker på löpande band.

Nationalskalden August Strindberg avhandlades också av Kennet Tell; och visst hade de något gemensamt...

– Strindberg, suckade Kennet Tell. Han gick igenom hela livet, förbannad på allt.

Alla konstformer fick sig en släng av sleven:

– Jazz och blues ska alla beundra oreserverat. Helst *äkta* blues och äkta är det bara om eländet framförs av en gammal tandlös och blind svarting från Chicagos slumkvarter. Att oväsendet sedan låter mer fan än när hin håle trakterar ett punkterat dragspel håller alla tyst om.

Men han kunde göra undantag när det gällde jazz:

– Okej, Miles Davis går väl an, om det inte vore för den där jävla trumpeten.

Hans kritik av kultureliten var stenhård: "Så fort något blivit populärt är det skräpkultur".

– Få gillar finkultur, ännu färre erkänner det, i detta världens största självbedrägeri. Ingen törs säga att kejsaren är naken i sin morbida fasa att etiketteras som lantis. Dessa bigotta kulturfjollor som så chickt sitter och äter sitt jävla sjögräs och går på balett trots att de hatar både sjögräs och balett. Och varför är dessa så kallade esteter själva så förbålt fula? De liknar syfilisdrabbade lodisar i en outfit ett fyllo kunnat designa. Kulturkvinnan, tantratanten, verkar utöva hårvård i ett tröskverk och har lika mycket kvinnlig grace som en fyrhjulsdriven traktor.

Framför datorn lät Kennet Tell fritt lufta sina tankar:

– Jag har uppnått en ålder där man skiter i vad folk tycker och tänker om en, skrockade han. Den ålder där man ser igenom folk, ser deras hycklande knep och choser med ett igenkännande leende då man själv använt sig av dem alla. Numera känner jag världen, men den ännu icke mig. En bra berättare skildrar sin samtid och lyckas ändock se igenom den.

Han ansåg att alla är falska. "Och inget missklär en människa mer än ett falskt leende."

– I denna coronatid bär vi en mask. Men det har vi ju alltid gjort! En mask som nödtorftigt skyler vilka egoistiska kräk vi i sanning är. Vi håller alla masken, spelar en roll i ett teaterstycke som kallas livet. Kvinnan målar bokstavligt sig för att vara en annan än hon är. Mannen åmar sig för att bli den utvalde. En ärlig människa är antingen ett barn, en idiot eller en död!

Men även namnet Kennet Tell visade sig vara en mask. En mask som förgäves försökte dölja en tragisk figur som blivit kastad på mediehusens gemensamma soptipp. Övergiven. Förbrukad.

Ty en gång hade allt varit annorlunda. Mycket annorlunda:

– Jag fick mina 15 minuter då alla svassade runt mig likt flugor kring en sockerbit. Samma äckliga flugor som lika glatt svärmar kring en dynghög.

För Kennet Tell var enbart en pseudonym för ingen mindre än den en gång kände journalisten Peter Lorin som haft ett scoop. Ett scoop många journalister bara drömmer om men få förunnas. Berömmelsens tid är dock kort och snart hade varumärket Peter Lorin fallit i glömska.

– Ja, avståndet från att catwalken förvandlas till en ättestupa är bara ett steg.

Han borde kunnat leva på gamla meriter som hans idol Jan Guillou gjort. Var han tystad?

Peter Lorin fick börja om från början med ett nytt namn. Så vad hände? Den som möjligen kunde svara på det var hans gamle redaktionschef, trotts ständiga meningsskiljaktigheter, kanske den enda vän Peter Lorin haft och anförtrott sig åt. Men även den kontakten var bruten. Det ryktades ihärdigt om att Peter Lorin kommit något på spåren som inte fick avslöjas.

– Kennet Tell? funderade Peter Lorin. Hur kom jag på det fåniga namnet? Cannot Tell – kan inte berätta? Måste vara något freudianskt undermedvetet? Den där jävla...

Sigmund Freud ansåg han annars vara "psykiatrins kvacksalvare som förlett en hel värld".

I moraset hade denne Peter Lorin desperat prövat alla möjliga bisarra pseudonymer och tillvägagångssätt för att göra den comeback han ansåg sig förtjäna. Han anammade ett tidstypiskt fenomen som han betecknade, "tycksyndromet".

– Det vill säga; kränga på sig offerkoftan, skryta över en låtsasdiagnos, kapitalisera på en fattig uppväxt eller påstå sig tillhöra en marginaliserad grupp. Att vara ett stackars offer är en carte blanche för att slippa dålig kritik. Ingen vill ju sparka på en som redan ligger.

Möjligen tog han i lite för mycket:

– Jag sades vara en svart, dysfunktionell, låghalt, transsexuell dvärg uppvuxen i en arbetslös arbetarfamilj utan rinnande vatten i Pissmyra församling i inre Snorträsk. Det gick ingen vidare.

Peter Lorin försökte återfå glansen med alla medel. Han funderade på att ge ut en bok med tomma blad som läsaren själv kunde fylla i. Skriva en bok med titeln "Hur man blir miljonär" bestående av endast en mening: "Man skriver en bok som heter Hur man blir miljonär och säljer till sådana lättlurade idioter som dig". En annan bokidé var att den skulle läsas baklänges.

Han prövade att spränga gränser och bli litteraturens Picasso. Allt till ingen lycka.

Avslöjade det drastiska och desperata namnbytet att han helt enkelt inte kunde skriva? Hade han bara haft tur den där gången? Var han egentligen utan talang? Frågor alla skapande människor någon gång ställer sig, oavsett hur framgångsrika och självsäkra de än förefaller.

Peter Lorin kunde inte släppa de fasansfulla tankar som legat och gnagt där hela tiden. Tankar han ihållande försökt självmedicinera och sprita bort:

– Tänk om jag är en nolla? frågade han sig framför datorn. Att någon avslöjar min svaghet? Som en bluff! Alla *tror* sig ha gåvan, men de flesta har den ju icke. Tänk om jag är en av dem? Statistiskt är det faktiskt mer sannolikt att jag tillhör de misslyckades skara ... Bara ett frö på miljonen blir en blomma. Resten spillda på hälleberget. Blivit över. Värdelösa. Losers.

Peter Lorin grät framför datorn. Det gjorde han ofta. Detta till trots att han försäkrade:

– Den gråtande tycker egentligen bara synd om sig själv.

Alla kanaler tycktes vara stängda för den gamle Peter Lorin. Var han förbrukad, slut eller kunde det rentutav vara den där Djävulen som låg bakom hans mediala död?

Dessa skrämmande tankar fick honom åter att fundera på den gud han inte trodde på.

– Tänk om allt det där som vi läste om som barn ändå är sant?

Jag är Herren!

© 2004

– Du får komma till rum fyra, Gud har kommit! sa polismannen
när han öppnade dörren till psykologen Junges mottagning.

– Gud?

– Ja, det är en jeppe här som vägrar uppge något annat namn
än Gud. Han togs in igår och vi har inte tid med honom. Vi är
fullt upptagna med hans förtappade skara.

– Jaha, hur är det här då? frågade psykolog Junge den som
påstod sig vara Herren själv.

– Med mig är allt bra, däremot sämre med min hjord.

– Jaha? Vad är ditt namn?

– Jag är Herren, svarade mannen och förtydligade snabbt;
Gud således.

– Ett ögonblick, sa Junge och försvann ut ur rummet och in
till sin kollega doktor Fröjd.

– Jag har en man på fyran som påstår sig vara Gud?

– Jaså? sa psykiatrikern doktor Fröjd utan att lyfta blicken
från sina papper, såna får vi in ofta. Din uppgift är att få ner din
gud på jorden, annars får han en enkelbiljett till tvångsvården.

Junge gick in till sin "patient" igen efter den skrala assistansen
från kollegan.

– Då ska vi se. När började du känna att du är Gud? försökte
Junge kommunicera.

– Jag har ständigt varit Gud; i evigheters evigheter.

– Men du måste väl ändå förstå att du inte kan vara Gud?

– Varför tror ni mig icke?

– Vi får ofta in människor som påstår sig vara Gud och...

– De är blott dårar eller lögnare, avbröt Gud; jag är Herren
Gud, den allsmäktige.

– Kan du bevisa det?

Gud drog på munnen:

– Ni har fått vittnesbörd genom min son.

– Ändå svårt att tro utan bevis?

– Din fru heter Gun, ni gifte er den 24 april för elva år sedan och ni har en son som heter Tor och du ska till tandläkaren klockan tre i eftermiddag, rabblade Gud upp för den häpne Junge och fortsatte: Fast du påyrkar väl att jag ska utföra något slags trollerinummer?

Junge kände en plötslig oro. Patienten var inte som andra tokar. Han visade sig vara mentalt stabil och uppvisade inte de typiska dragen för en personlighetsstörning. Det som fick Junge att bli illa till mods var inte att han visste en del personalia om Junge; mer att han inte fick in patienten i något fack.

– Ett komplicerat fall, den där guden därinne, sa Junge till doktor Fröjd i en paus.

– Varför då? Har du aldrig haft Gud, Fan och Napoleon på din brits tidigare?

– Jo, jag har haft alla och flera därtill. Ändå något mystiskt med den här.

– Är det Jesus Deutero de hittat, då? Säg inte att du tror på att dåren därinne är Gud?

– Nej, nej, men det är något som inte stämmer här, sa Junge innan han gick ut … något.

– Du får ursäkta, jag tror inte på dig, fortsatte Junge inne hos Gud.

– Det trångmålet har jag haft i tusende år, suckade Gud.

– Jag vill ha ditt riktiga namn, försökte Junge igen. Det är viktigt att vi lär känna varandra...

– Jag är Herren Gud; Jehova.

Junge mumlade misstroget och förstod det omöjliga i att klämma fram namnet på sin patient. Poliserna som tagit in honom hade förgäves försökt och de eftersökningar som gjorts gav inget som helst resultat. Gud fanns helt enkelt inte i något register och då finns man inte.

– Jag stöter ofta på patienter som säger sig vara Gud. Vad säger att just du talar sanning?

– Du känner att jag är annorledes, din professionalism och din yrkesstatus hindrar dig dock från att tro på mig. Jag förstår att du är ängslig för att bli bespottad av dina kolleger.

Junge visste inte vad han skulle säga. Gud hade träffat någon öm punkt inom honom då …

– Ni har i tusentals år trott på Gud, ni har levt för Gud, ni har dött för Gud och ni har dödat för Gud! När jag sedan uppenbarar mig, då tror ni mig icke. Hur ska jag återkomma för att ni ska tro på mig? I vilken skepnad jag än anländer, misstror ni mig, särskilt de som mest sagt sig tro på mitt namn. Ni vill bekvämt ha mig kvar i dunklet, såsom en sagofigur.

– Jag ser ju ditt ansikte, vilket betyder att jag kommer att dö, står det i Bibeln?

– Du *ska* dö. Vad eljest tror du? Men ett evigt liv finnes om du vill. Om du släpper all prestige och skam, om du har mod. Ty största modet är att visa sin egen feghet. Vågar du?

– Vi är här för att hämta in din gud till tvångsvården! sa polismannen genom dörren till Junge, som först bad att få prata med sin patient en sista gång i enrum – ostört.

– De är här nu för att ta dig till isoleringen på obestämd framtid, sa Junge till Gud.

– Framtiden är alls inte obestämd, och vågar du spärra in mig? Miljarder själar har i tidsåldrar trott på mig. Har samtliga haft fel och är du säker på att du har rätt? Är du?

– Vad har jag för skäl att tro på att du verkligen är Gud? frågade Junge.

– Jag har lovat att återkomma, och mina ord är sanningsenliga.

– Som en vanlig människa?

– Förra gången vandrade jag jämväl som vanlig människa på jorden. Även då blev jag misstrodd och förnekad. Detta är ert sista tillfälle. Jag har kommit för att döma er nu.

– Varför ska du döma oss?

– Alla måste rannsakas för sina gärningar; goda som onda, såsom jag har talat.

Junge förstod inte varför han rådfrågade en galning, men han passade på att ställa alla de frågor han inte fått svar på om Gud och Bibeln, till exempel om varför han tillåter det onda?

– Jag tillåter det icke, svarade Gud, jag förbjuder det i mina bud som ni ideligen bryter.

– Varför har du gett oss en fri vilja, så vi kan välja, då?

– Annars hade ni blott varit själlösa marionetter, svarade Gud direkt.

– Jag förstår ändå inte alla dina förbud?

– Vet din son bättre vad som är bäst för honom, eller du som fader? Du har en större bild och vet bättre; jag har *hela* bilden och vet bättre än människan vad som är er till båtnad.

– Varför vänder du dig till just mig om du är Gud?

– Den frågan har alla som blivit utvalda ställt sig genom alla tidevarv.

Junge oroades när Gud tittade på honom med lugn blick och fortsatte:

– Du måste välja såsom alla människor måste välja. Du vet att jag ingalunda kan ljuga.

Junge märkte att han förlorat fästet och att hans patient tagit över då Gud fortsatte:

– Följ mig och du ska förstå. Släpp allt du har i denna världen som ändå ska förgås. Du har ett liv, och ingen mer chans. Tror du allt som skrivits om mig är lögn?

Gud tittade på en mållös Junge som slets mellan tro och förnuft och fullföljde:

– Vågar du visa vad du sannerligen tror på och strunta i vad andra tycker? Vågar du trotsa mig än en gång, den sista? Du tänker: tänk om det ändå är sant, allt som är skrivet. Nu har du en sista möjlighet. Du är allenast rädd för att bli begabbad.

– Nej, jag bryr mig inte om...

– Jo, bekänn nu, sa Gud. Du skäms för att gå ut till dem därute och säga att du tror på mig. Du behöver inte svara, för som du förstår rannsakar jag varje människas tankar.

Psykologen Junge fick bara fram ett ansträngt smil och visste inte hur han skulle tackla situationen. Han hade motvilligt börjat tro på den som satt framför honom och påstod att han var Herren Gud själv. Han tänkte på att kollegerna retsamt börjat kalla honom lär-Junge.

– Du tror på mig nu? sa Gud. Du har insett, trots att det strider mot ditt intellekt?

– Jo ... det är nog sant.

– Är du beredd att offra dig för tron på mig?

– Hur menar du?

– All tro kräver offer. Är du beredd att omdana ditt liv för tron på mig?

– Jag ska be till dig, det har inte hänt sedan barndomen, sa Junge med huvudet nedsänkt.

– Gott så. Men är du beredd till ett större offer?

– Vadå?

– Vågar du gå ut och förkunna mina ord?

– Det kan jag mycket väl...

– Hur långt kan du gå?

– Så långt som du begär ... Herre.

– Om jag ber dig döda en annan människa?

Junge tittade oroligt på Gud och tänkte på berättelsen i Bibeln då Gud befallde Abraham att offra sin son Isak som ett prov. Abraham var beredd att offra sin son för att bevisa sin lojalitet till Gud, men Gud stoppade honom då han var på väg att döda sonen.

– Ja, det kan jag göra ...

– Du tänker på Abraham och sin son Isak, inte sant? sa Gud. Du tänker att jag likväl ska hindra dig att döda precis som jag hejdade Abraham innan han tänkte dräpa sin son?

– Jo, det är inte lönt att neka, du ser ju in i mig.

– Hur vet du att jag ska hejda dig denna gång? Tror du Abraham kände till det? Nej, för då vore prövningen gagnlös. Är du ändå beredd?

– Ja, jag är beredd att lyda dig...

– Vi avbryter testet här! sa kollegan och psykiatrikern doktor Fröjd som kom inrusande.

– Testet? frågade Junge.

– Ja, hur långt man kan driva en människa i studiet religionspåverkan. Din reaktion stödjer min teori om "inre logik" är det som övertygar, och är drivkraften i det vi kallar hjärntvätt.

– Så, det är inte? ...

– Nej, han är inte Gud utan en för mig obekant kollega och mentalist. Du får ursäkta, men ...

– Fan! Så jag har blivit utsatt för ett practical joke?

– Nej, nej. Det är ett seriöst projekt, sa doktor Fröjd medan den fallande guden smålog. Vi ville testa hur stark religiös påverkan i form av inre logik kan influera även psykologiskt kunniga.

Doktor Fröjd hastade ut och kvar i rummet satt nu bara en skamsen Junge och "Gud".

– Så det blev en troende av den inbitne ateisten, den intellektuelle psykologen? log Gud.

– Nej, jag kan erkänna att jag påverkades, men jag tror inte på någon gud egentligen.

– Ha, ha, ha! Säger du nu. Jag tror ändå att du trodde på mig.

– Nej, som psykolog vet du också att vi ska spela med.

– Så du trodde inte på att jag är Gud till sist, då?

– Nej, det var ju ett jävla tjat! ...

– Oj! Nu börjar du svära också, du som hade sånt milt språk med mig tidigare.

– Du vet inte hur det känns att bli förnedrad så här ...

– Åjo. Jag vet, och även att bli förnekad tre gånger i rad, sa Gud innan han gick ut och stängde dörren viskade: Du hade chansen, för mina vägar är sannerligen outgrundliga.

—

– Varför alls skriva när folk inte längre läser? I framtiden orkar ingen läsa mer än oneliners och på sin höjd två meningar. Vi är snart fler som skriver än som läser.

Peter Lorin beklagade sig över det minskande bokläsandet:

– Folk ser hellre filmerna så de slipper använda hjärnan då bilden övertrumfar ordet. Vi gamla bokstavstroende ordbrukare blev över och behövs inte längre – vi vill bara inte inse det. Allt på grund av att universums allomfattande princip heter minsta motståndets lag, och lättjan blir till sist vår arma död. Vi behöver inte ens leta i hjärnans gömmor längre, vi googlar. Om nöden är uppfinningarnas moder är tamejfan latheten dess obestridlige fader.

Han menade att ingen längre sägs ha tid till att läsa i "detta fragmentariska informationsregn av mischmasch". Samt att "vi överdoseras med nonsens till att bli förvirrade infoholister".

– Tid har de; lika många timmar på ett dygn som människan alltid haft men så uppfyllda av digitalt brus att de tappat koncentrationen, sa han och fortsatte:

– Jag ser bara människor, ständigt uppkopplade, alltid på språng till något och synbarligen enbart upptagna av sin självupptagenhet.

Peter Lorin såg ingen ljusning i mörkret.

– Folk orkar väl snart inte se filmerna heller längre; vilket i sig borde vara ett tillräckligt kriterium för att en människa slutgiltigt ska kunna dödförklaras.

Och suckade åter tungt över det han kallade "tidens kollektiva självskadebeteende".

– Ja, varför skriva böcker enbart för recensenter? Dessa jävla fripassagerare som inte betalar för sig. Den som myntade uttrycket att "det finns inga gratisluncher" glömde de mest onödiga parasiter som planeten härbärgerar! De bara älskar sina egna ord och tyckanden om allt, att provocera enbart för provokationens skull och att elakt förgöra folk. Tyckopater är vad det förbannade patrasket är, som allenast älskar att höra sin egen röst!

Nu fick kritikerna kritik där han cyniskt skrev: "Kritikerna läses bara av populasen, så den ska veta vad den ska tycka för att framstå som bildad." och vissa kritiker fick mer spe:

– Vissa, Kristianer har inte ens läst böckerna de sablar ner. Men de har fastnat i myten om sig själva med sin jävla basker och två löpmeter halssjal för att se lite pikant bohemiska och franska ut. Ja, deras reptilhjärnor har bestämt sig innan boken är skriven. Dessa kvasilärda låtsasproletärer som kallar sig arbetarförfattare för att de en gång förtagit sig då de lyft en säck i en sjåarhamn.

Han ansåg också att själva begreppet "arbetarförfattare" förflackats: "Alla arbetar väl för fan!"

– Vik hädan skrymtare, som endast hämnas era egna bokliga tillkortakommanden på *riktiga* arbetare med skrivartalang!

Och menade, att ofta är det folk som föraktar varifrån de kommit och sedan genom "gottgörande visa hur fina de blivit genom att ha tagit sig upp ur dyn".

– Ständigt detta jämmer och skryt över hur mödosamt det var att göra sin klassresa. Dessa så kallade arbetarförfattare är fast i sin pinsamma klasskamp från 1968 och föraktar egentligen sin bakgrund men ska likväl parasitera på den. Med sitt tillgjorda ordsmideri inbillar de sig vara förmer än andra arbetare nu när de blivit intellektuella. Bara ordet klassresa kan få mig att smått vomera. Ordet är patetiskt och avslöjar att allt handlar bara om avundsjuka på den kast de anser är högst i hierarkin. Varenda uppkomling idag som avancerat till mellanchef skroderar med sin klassresa. Nu, när jag lämnat ett jobb jag blev smutsig om fingrarna av, är jag finare. Nu när jag fraterniserar med de förnämliga har jag råd att tycka synd om mig själv och visa hur ädel jag är när jag tittar ner. Nu tillhör jag en högre, bättre klass. Fy fan!

Han hade inte mycket till övers för dessa han kallade "Missunnsamhetens kulturbrackor".

– Om nu din jävla klassresa var så förbannat betungande; köp returbiljett, då och håll käften!

Och fortsatte angreppet med att ta loven av ovan nämnda.

– Deras vämjeliga rövslickande på dem de vill imponera på känns lätt igen. Proletärsnobbarna svänger sig med omdömen som: hudnära, svärta och utlämnande, för klyschorna finns i deras förprogrammerade och fossilerade hjärnor. De blottar bara sin intellektuella impotens. Idioter som skriver för andra lallande idioter och för de som inte redan är det att uppföra sig som dylika.

Och drev med kulturskribenternas "konsensusdiktatur" genom att anlägga en fisförnäm röst:

– Här i landet tänker vi inte, sådant har vi utbildad personal till! Hur skulle det se ut om folk gick omkring och tänkte själva? Vi är ett litet land, så litet att bara en nyhet och en åsikt i taget får plats. Och ska vi ändra åsikt, ska detta göras simultant. Basta!

Peter Lorin hävdade efter denna jeremiad, att alla går i flock och är vetenskapligt belagt:

– Vetenskapsmannen Christiaan Huygens upptäckte redan på 1600-talet att två metronomer intill varandra börjar efter ett tag att gå i takt. Man kan ställa 100 metronomer intill varandra och strax är samtliga synkroniserade. Du kan göra samma med kulturens låtsasarbetare och strax faller epigonerna in i takten. Och fort ska det gå; ja, i den digitala världen går det undan med binära flockbeteenden. På eller av. Ont eller gott. Allt eller inget och alla ska med.

Där han fastslog:

– Som det heter; den som inte kan skriva, recenserar och kan enligt mitt förmenade dra åt ...

Efter att ha hudflängt hela kåren kritiker och i stort sett övriga delar av människosläktet föll även sociala medier in under bilan: "Byskvaller i kubik" kallade han fenomenet "där de digitala dreven går med virtuella facklor och högafflar". Twitter betecknades som "Ett forum för intellektuellt funktionsnedsatta kändisar":

– Som förvisso besitter den exklusiva egenskapen att kunna skriva snabbare än de tänker.

Hela techbranschen beskrevs som "träckbranschen, som lurat individen att frivilligt låta sig bli en allmänning" och "otech". Facebook, ansåg han vara "ett vanebildande vuxensnask för och av låtsasvänner som ogenerat biktar sina såriga blottor inför oengagerade dito".

– Där torftiga dussinmänniskor sympati-gillar varandras oväsentligheter för att inte mista vänner de inte har.

Han menade att hela livet är byggt på falskhet.

– Ja, vi ställs dagligdags inför dilemmat: ska jag vara ärlig eller artig och vi väljer, som alla vet, alltid …

Peter Lorins vresighet nådde sedvanligt sin kulmen kring lunch innan han lika brukligt somnade på soffan. Och nog har huvudpersonen i följande novell vissa drag av Peter Lorin.

Stenarna

En kul tur i det som kallas kultur och i lateralt tänkande.

– Även en skit blir kultur om den får ligga tillräckligt länge, sa gubben med glimten i ögat inför hela etablissemanget.

Det var inte första och troligtvis inte sista gången gubben gäckade och retade upp myndigheterna och dess representanter. Med sin envisa och lite småsluga charm hade gubben vigt sitt liv åt att obstruera mot byråkrater och deras regelverk.

Folk älskar ju särlingar som gör det där vi alla egentligen vill göra men få av oss vågar. Dessutom retar sig väl de flesta på paragrafryttare som sätter käppar i hjulen.

Gubben hade tidigare bokstavligen och bildligt gått "mot strömmen" då han norpat el från kraftnätet via induktionsström med en egenhändigt gjord spole.

Den här gången hade dock myndigheterna tagit sig in på gubbens mark utan att gubben själv framkallat bråk – eller hur var det nu egentligen?

Gubbens trilska provocerade den heliga kulturen och denna gång fick han inte folkets medhåll för nu gällde spörsmålet forntida kultur. Något folk i gemen värnar om.

– Vad i alla djävlars helvete! utbrast gubben då en hel armé orangeklädda arkeologer oanmälda invaderade gubbens mark.

De började självsvåldigt sätta upp sina instrument som gubben motvilligt fascinerades av. Gubben var ju en teknisk begåvning och kunde inte låta bli att tafsa på de avancerade instrumenten till arkeologernas fasa.

Allt ståhej sattes igång då gubben röjt i den tidigare igenväxta skogen runt stugan, i vilken han brukade sitta och klura ihop sina grunkor.

Konstifika uppfinningar och bråk med myndigheter fyllde nämligen vardagen för den klurige och självlärde excentrikern.

Gubbens talang gick inte att ta fel på och han innehade en enastående fallenhet för att luras och få sista ordet i alla sammanhang. Trots att han ständigt balanserade på gränsen, och inte sällan överträdde den, klarade han sig alltid i slutändan.

Nu verkade han dock vara maktlös då arkeologerna intagit hans tomt.

Gubben hade röjt fram en stenformation i skogen, som enligt förståsigpåarna visade sig vara en fornlämning från tiden 400– 600 e. Kr och nyheten läckte ut i media.

Det var inte bara arkeologer som belägrade gubbens mark utan även journalister och tv-team från när och fjärran. En sådan säregen fornlämning hade inte upptäckts i landet på åratal.

Runt stenformationen grävdes, mättes och spekulerades friskt om dateringen och vem som uppfört den och i vilket ändamål den rests. Olika teorier stöttes och blöttes fram och åter och det enda man var överens om var att man inte var överens. En sak stod dock lika säkert som stenarna – stenarna utgjorde en arkeologisk sensation.

En annan lika säker sak var att gubben kom att få betala för utgrävningarna han inte begärt. Allt enligt lagen för fornlämningar där markägaren måste informera om fynd och även finansiera kostnaderna för utgrävning.

– I helvete att jag betalar för att ni gör sorkhål här! klargjorde gubben.

Gubbens tomt var nu inte längre privat utan en allmänning som skulle skyddas genom fornlämningslagen under länsantikvarieämbetet och kommunens kulturnämnd.

Mitt i alltihopa stod en rättslös gubbe och svor eder över alla myndigheter och för de som kände gubben rätt var inte sista ordet sagt.

Specialisterna på plats häpnade: Hur hade ett sådant stort arkeologiskt fynd kunnat undgå upptäckt?

Olika myndigheter tvistade om stenarna som var placerade som ett skepp kunde vara en grav, någon form av kalender eller eljest okänt. Kolrester intill stenarna skulle C14-daterats och visa att platsen varit bebodd från 400–600-talen då stenarna med stor sannolikhet uppfördes.

– Jag eldade upp sly här förra hösten, sa gubben som förklaring till kolresterna.

Expertisen glodde syrligt mot gubben som la sig i auktoriteternas klokheter. Empirisk kunskap, eller bondförnuft, och teoretisk kunskap har aldrig dragit jämnt – ej heller denna dag.

Arkeologer och representanter för myndigheterna svävade ut i långa teoretiska resonemang kring stensättningens ursprung. Till och med en UFO-förening var på plats med sin något ”spejsade” förklaring.

Alla ignorerade den enda som kunde kasta ljus över gåtan och som kände platsen bäst:

– Jag har formerat stensättningen, sa gubben.

Det blev dödstyst i skogen, till och med fåglarnas kraxande tycktes för ett ögonblick upphöra. Allas blickar vändes mot den åsidosatta gubben.

– Ja, jag ville bara skoja med er lite, kluckade han.

– Snack! Våra instrument visar på att vi har ett äkta fornminne, fnyste en arkeolog.

– Mitt instrument, sa gubben och pekade på sitt huvud, visar på att du är ett äkta fornminne.

Nu sattes hela byråkratins maskineri igång och omedelbart anmäldes gubben av byggnadsnämnden för olovligt bygge eftersom han saknade bygglov för stensättningen.

Länsstyrelsen ville inte vara sämre utan anmälde kommunen för dålig tillsyn av byggloven och länsantikvarieämbetet anmälde gubben för bedrägeri. Kommunens kulturnämnd kom inte på något bättre än att anmäla sig själva – oklart för vad.

Gubben gav motstridiga besked: hade han lagt dit stenarna måste han ha byggnadstillstånd av Byggnadsnämnden och Länsstyrelsen. Gubben påstod att han inte lagt dit dem och då var det ett fornminne, ändå vidmakthöll gubben det som ett falsarium. Hur hängde allt ihop? Gubben ljög uppenbarligen; frågan var vilken lögn som var sanning?

Gubben vägrade hursomhelst att betala då det nu inte längre ansågs som ett arkeologiskt fynd.

De olika nämnderna drog sig tillbaka för att försöka hantera frågan i lugn och ro. Allt under det att arkeologerna grävde håglöst ner sig i bedrövelse över att ha blivit dragna vid näsan.

Även om stenarna inte längre var en äkta fornlämning hade de blivit en turistattraktion på grund av all uppståndelse.

Arkeologerna grävde framför, bakom, under och, om möjlighet förelegat, över stenarna för att bevisa deras teori om en fornlämning. Och framförallt för att bevisa att de inte blivit lurade. Alltmedan gubben skrockade stod och bjöd på kaffe till de som ville se de numera riksbekanta stenarna. På frågan kring problemet med stenarna svarade gubben klurigt:

– Jag har bara tänkt tvärtom på problemet och då finner man ofta att det inte finns ett problem.

Byggnadsnämnden krävde att stenarna skulle bort då gubben saknade byggnadstillstånd och Länsantikvarieämbetet krävde betalning för utgrävningarna då de fortfarande insisterade på fornlämning.

– Vi har kollat stenarnas nedtryckningsyta och de är definitivt inte ditlagda i nutid, hävdade med bestämdhet chefsarkeologen och allt tog en ny vändning.

– Nej, jag har inte lagt dit stenarna, skrattade gubben.

Medan myndighetspersonerna kliade sina huvuden blodiga hur de skulle hantera den kniviga frågan huruvida stenarna var äkta eller inte myste gubben åt uppmärksamheten.

– Är de äkta? frågade irriterat kommunordföranden gubben när alla samlats.

– Ja, lika äkta som Ale stenar.

– Men du sa att det är ett falsarium? Då måste du ju ha rest stenarna?

– Jag har inte rest några stenar, pappskalle. Tänk tvärtom. Jag har tagit bort en massa stenar som låg här och låtit de vara kvar som bildar formationen.

Det var inte bara kommunordförandens dubbelhakor som tappades denna dag i skogen och hade säkerligen hörts om de inte överröstats av skrattsalvorna från alla omkringstående.

– Och nu är det lika stensäkert en installation som skyddas av den konstnärliga friheten, flinade gubben.

—

– Skolan odlar medelmåttor och dödar naturbegåvningar, muttrade Peter Lorin.

Denna dag var skolsystemet föremål för hans obarmhärtiga kritik, där han ansåg att ett äkta geni är autodidakt som Gubben i förra novellen.

– Skolor lär ut vad du *får* göra, därmed också vad du *inte* får göra. Men vad gör geniet till geni? Jo, svarade han själv, den gör just det skolan förbjöd och skapar därmed något nytt. De normala följer mönstren, de onormala skapar dem. Genier går inte i skola – de *bildar* skola.

Originalitet var Peter Lorins ledord.

– Bättre ett dåligt original än en aldrig så bra kopia. Må vara att "Tänka fritt är stort men tänka rätt är större" och allt det där. Störst av allt är lik förbannat att tänka annorlunda.

Därför hatade han skrivarkurser.

– Det finns konstskolor, musikskolor och skolor av alla helvetets slag. Skrivandet har dock hittilldags varit förskonat från detta otyg. Under eoner har fantastiska verk skapats av geniala författare utan denna djäfvulens institution! sa han med tillgjort ålderdomlig och högstämd accent för att sedan fortsätta i mer normalläge:

– Nu ska plötsligt alla lära sig skriva i en skola så fler bleka kopior kan fabriceras. Nej, om intresse och fantasi är större än kunskaperna, kommer kunskaperna snabbt i kapp. Ge inte folk vad de vill ha, ge dem vad de inte är beredda på! Överraska dem – överraska dig själv! Om nödvändigt, gör läsaren förbannad! Det som inte upprör kommer knappast heller beröra. En bok som inte retar galla på någon är lika ändamålsenlig som en slak stridskuk!

Han kunde, när han lugnat ner sig, likväl inte avhålla sig från att utdela några skrivtips:

– Vi söker alltid symmetri och kontraster i en berättelse. Därför är alla klichéer i filmer sådana att sexiga tjejer och manliga muskelberg alltid är korkade, nördar fula och professorer disträa. I moderna deckare är obducenter likaså kufar som oberörda skämtar, röker och äter under tiden de karvar i kadavren. I vår jävla Hollywoodvärld är folk så Disneydopade att de tyvärr inbillar sig att gåvorna är lika gudomligt kontrasterande och städse kompenserade även i verkligheten.

Där han också berörde detta med att "hitta sin egen stil".

– Den hittar dig i stället. För oavsett vad vi gör i livet, bildas ett unikt mönster. Vi pratar, äter, älskar, går, rör oss och skriver på ett sätt som ingen annan människa gör, gjort eller någonsin mer kommer att göra. Det är stört omöjligt att inte lämna dessa personliga avtryck efter sig som blir din stil, vare sig du vill eller ej. Sedan kan du bara hoppas att din stil attraherar andra.

Men erkände också att …

– Vår personlighet är en mask, ett styckeverk hoplappad av fragment från främst de vi ser upp till; och bakom denna mask finns måhända just ingenting, är jag rädd.

Där …

– Tro inget annat än att din stil är byggd av lånta fjädrar från andras bon och vi påverkas alla, till och med av de vi skyr mest. Även en plågsam trudelutt fastnar ju i skallen.

Och kom osökt in på tänkaren han hatade mest: "Jag har kommit på Kant med filosofin" där han raljerade: "Det kantstötta tinget-i-sig och tinget-som-det-ter-sig, gav mig just ingen-ting".

– Använd lagom svåra ord och intriger så läsaren får känna sig lite smart. Vill du själv, Gud förbjude, briljera över läsarens huvud kan du alltid skriva som svamlaren Immanuel Kant.

Hans skrivarråd löd koncist om än lite tvetydigt:

– Den enda skrivarskola som behövs är att läsa och åter läsa och framförallt: skriv bara skriv. Om du så ska skriva om Gud, skriv för djävulen!

Och om att den ärftliga talangens betydelse alltid kan övertrumfas.

– Lust och ett jävlar anamma kan alltid koppla på de slumrande gener som fordras.

Den moderna skolan i allmänhet undgick inte heller Peter Lorins hårda domar.

– Utbildning har aldrig varit viktigare, sägs det. Trots att skoltiden fördubblats sedan min tid kan ungjävlarna idag varken räkna eller skriva och allmänbildningen är närmast noll. Ofta är läraren dummare än eleven. På min tid hade dessa, särskrivande analfabeter som aldrig läst en bok, betecknats som imbecilla. Förr gick ungarna i skola för att få ett arbete, idag går de i skola för att de saknar ett arbete. Särskrivning borde eljest vara belagt med dödsstraff – minst!

Enligt Peter Lorin bar skolväsendet en stor del av ansvaret för ungdomens förfall.

– Vad har dagens flumskola åstadkommit annat än en samling sinneslöa Ullareds-sossar? Hanen, en spelmissbrukande, dyslektisk jättebaby i nätbrynja som lyfter från soffan bara de gånger han piskar kärringen och då pizzabudet anländer. Honan, en tribaltatuerad, brödsvullen kossa som skiter fram en oönskad unge om året de är inkapabla att försörja.

”Om inte skolan är till fyllest, kommer inget därefter heller fungera”, skrev Peter Lorin och var föga oväntat inte nöjd med samhällets sentida utveckling.

– Produktiva arbetare sparkas och ersätts av den nya tidens prelater – präktighetens prästerskap: Icke könsbestämda kulturstrateger, miljökoordinatorer, genuspedagoger och övriga döddansare sitter i sin skyddade verkstad och bekämpar problem vi inte hade. Vad fan gör en genuspedagog? Titeln fanns inte förr av den enkla anledningen att den inte behövdes och är lika obehövlig i den dag som idag är! Pysselsättningar som skapats enbart för att den politiska adeln tillsatt en kader av verklighetsallergiska oduglingar man inte har någon användning för.

Peter Lorin fördömde också moderna föräldrar som försöker ställa in sig hos ungdomar och spela "coola" i stället för att vara föredömen och kallade dem "päronpopulister". Framförallt förfasade han sig över hur dagens "ouppfostrade yngel" kommunicerar:

– Gutturala ljud som "Öh, asså jag bah. Jag känner liksom, typ" att du någon gång kanske skulle vilja frambringa något läte mer artikulerat än som sprunget ur en brunstig orangutang?

Vissa ord hade han retat upp sig ordentligt på.

– Dagens osnutna, mammade och tillika sockerdopade diagnosungar har aldrig lärt sig att veta hut! Bortskämda glin som blivit så feminiserade att de tycker inget, upplever inget och tänker inget längre. De bara *känner*. "Jag kan känna att jag känner". Hjärnan tycks vara utbytt mot ett stort jävla hyperkänsligt nervsystem som ersatt alla andra kognitiva förmågor.

Ken Burke Show!

© 2004

”Välkomna till Ken Burke show!”, ljuder speakerrösten när självaste Ken Burke träder in i tv-studion ackompanjerad av kombinationen pålagda och autentiska applåder.

– Godkväll och välkomna, förkunnade Ken då ovationerna tynade bort. Ikväll ska ni få träffa en, för de flesta, okänd man; en man som kan bli historisk.

Ken Burke tittar som vanligt ut bland publiken och pejlar av deras reaktion. Han kan det här med dramaturgiska effekter efter mer än 20 år med sin populära show.

– Ni ska få träffa en man som håller på att göra en människa. Ja, jag förstår vad ni tänker på, avbröt han mellan fnissen, men inte på det sättet. Denne man är på god väg att göra en helt konstgjord människa! Jag säger välkommen till Tim Golem!

In kommer en leende vetenskapsman.

– Du ska kanske först presentera dig? sa Ken när de hade satte sig i fåtöljerna.

– Jo, jag är 32 år och forskningschef på Human Synthetics i Kalifornien.

– Vad är det ni gör där?

– Vi är kända för att göra avancerade hjälpmedel för handikappade.

– Proteser? frågade Ken med rynkad panna för att se mera intresserad ut.

– Ja, just det. Hand- och benproteser, vi sysslar också med att förse blinda med syn via konstgjorda ögon och ge hörseln tillbaka till döva.

– Men ni planerar att gå vidare?

– Ja, vi forskar på att ersätta hela människan.

– Är det sant? häpnade Ken efter en konstfull och spontan-timad paus.

– Ja, det är idag möjligt att ersätta allt nedanför halskotan. Bara hjärnan återstår.

– Kan man verkligen ersätta alla organ som blod, lever och allt sånt?

– Nej, varför ska vi ersätta alla de där slamsorna? svarade Tim till publikens munterhet. Vi behöver bara muskler och nervtrådar för motoriken, och de kan vi idag göra konstgjorda.

– Det blir en robot alltså?

– Vi kallar den helkroppsprotes.

– Verkar lite som ett Frankensteins monster, sa Ken. Vad ska den vara bra för?

– Tänk dig en olycka där kroppen är förstörd men huvudet är intakt. Eller om kroppen angrips av obotlig cancer och hjärnan är oskadd. Sådana patienter kan man rädda.

– Fungerar den som den ska?

– Hjärnan är problemet, sa Tim. Allt syntetiskt måste interagera med det biologiska som kräver en blodförsörjning. En syntetisk hjärna hade underlättat och det jobbar vi på nu.

– Vad är största svårigheten med att göra en artificiell hjärna? frågade Ken.

– Att få den att tänka lika irrationellt som den biologiska, log Tim.

– Ska vi göra om oss till plåtgubbar? ironiserade Ken. Varför; för att ni ska tjäna pengar?

Publiken drar på munnen åt Kens poäng vilket vänder då Tim blixtsnabbt kontrar:

– Vi är alla beroende av att tjäna pengar och jag förmodar att du inte sitter här gratis?

Vetskapen om att Ken Burke är en av USA: s högst betalda programledare får alla att fnissa.

– Men, fortsatte Ken med illa dold förnärmelse, du *vill* att vi alla ska bli robotar, varför?

– Alla vet att vår lekamen är ett väldigt skört kärl. Vi blir sjuka titt som tätt, vissa föds handikappade eller blir det i unga år. Vi vet alla att vi sakta ska tyna bort i slutet.

– Det är ju naturens gång?

– Det är naturens gång att se sämre, men vi kompenserar det med konstgjorda glasögon.

Med sin smittsamma tveksamhet i form av en rynkad panna tittar Ken ut mot publiken.

– Får jag fråga *dig* en sak? sa Tim och fick omedelbart ett jakande svar från Ken:

– Om vi säger att det idag fanns en sådan humanoid. Den såg ut precis som du och du kände och upplevde allt precis som nu. Skulle du då låta skanna över dig till den?

– Nej, varför i himmelens namn skulle jag göra det?

– Därför du vet att du kan leva fullt frisk fram till den förprogrammerade dödsdagen.

– Så vi kommer inte att leva i evighet, då? frågade Ken med spelad besvikelse.

– Nej, evigt liv är en teoretisk omöjlighet, sa Tim till publikens häpnad.

– Varför? undrade Ken Burke och lutade sig engagerat framåt i fåtöljen.

– Då måste minneslagringen också vara oändlig, och kräver en oändlig dator.

– Vi får väl som nu glömma efterhand, skrockade Ken.

– Ja, visst kan vi låta en och samma humanoid finnas i evighet som glömmer efterhand. Men då är det ju inte samma liv, utan en som förnyar sig hela tiden och glömmer vem den en gång var. Då kan vi lika gärna byta ut individen, som naturen gör idag.

– Hur ska en sådan här mackapär fungera, frågade Ken. Kommer vi kunna äta som vanligt, för att inte tala om övriga förlustelser vi uppskattar?

– Visst, vi har utvecklat en bränslecell som genererar ström från socker som bryts ned i en bioreaktor, liknande magen. De andra emotionerna du tänker på, utgör inga problem att simulera, lugnade han Ken och den roade publiken.

– Vad menar du med att skanna över? Är det själen som ska överföras till humanoiden?

– Hjärninnehållet och hjärnans arkitektur digitaliseras och överförs; de tillsammans utgör personligheten och går inte att skilja åt. Hårdvaran och mjukvaran är ett.

– Men det här är ju inte naturligt? protesterade Ken och drog ner ögonbrynen.

– Vad spelar det för roll? Då är glasögon, tandproteser och hörapparater inte heller naturliga. Tvärtom, den naturliga utvecklingen i evolutionen är att den intelligentaste varelsen en dag kommit så långt att den kan göra sin ersättare. En Robo sapiens.

Ken skickar tvivlande blickar mot publiken för att få den med sig i sin skepsis, något han behärskar till 100 procent och fortsätter:

– Någonstans måste vi väl ändå sätta en gräns för teknologin?

– Nej, varför det? svarade Tim frankt. *Det* om något vore verkligen onaturligt.

– Nu tror jag inte att jag hänger med riktigt? sa Ken Burke och sneglade mot publiken igen. Hur kan du säga att det är naturligt att vi förvandlas till robotar?

– Vi kan göra det med vår intelligens. Och vår intelligens är av naturen oss given.

– Så du menar att allt vi kan göra är naturligt?

– Ja, ingen säger att spindlarnas nät, myrornas stackar och bävrarnas dammar är onaturliga; de är produkter av deras intelligens. Varför är då produkten av vår intelligens onaturlig?

– Ser du ändå inget oetiskt med projektet? frågade Ken.

– Nej, tvärtom, det vore oetiskt att inte använda den teknik vi är kapabla till? Om vi kan hjälpa sjuka och handikappade med en intelligent teknik och avstår, vore det däremot högst oetiskt.

– Kan verkligen alla känslor som kärlek, ömhet och även hat simuleras?

– Det spelar ingen roll om hjärnan byggs upp biologiskt eller syntetiskt, allt är atomer. Dess själsliga innehåll är samma när vi hittat hjärnans algoritm, och vi är på god väg.

– Kommer den få ett medvetande?

– Vet ej. Frågan är, om ens *vi* har ett medvetande eller vi bara *tror* oss ha det.

– Om det blir som du menar, kommer människan som biologisk varelse att dö ut då?

– Ja, det är jag övertygad om.

– Ska den utrotas, häpnade Ken, eller hur menar du?

– Nej. I stället kommer alla vilja ta steget, när vi kan göra en syntetisk som är bättre.

Ken sänder en frågande blick mot publiken som svarar med vaga huvudskakningar.

– Om du ser folk i din omgivning som aldrig blir sjuka, fortsatte Tim, inte har någon ångest över ålderdom, då vill du själv leva så. Alltså kommer den biologiska människan sakta fasas ut. Vi vill ju alla vara friska därför sjukdomar är människans värsta gissel, inte sant?

– Jo, instämde Ken, men är ändå inte biologin överlägsen?

– Nej, den är underlägsen, givetvis ...

– Det där får du förklara?

– Vi kan bevisligen göra material som håller mycket bättre än vad naturen skapat. Stål är starkare än ben, vi kan göra tänder som håller bättre än de biologiska...

– Visst, avbröt Ken, jag menar som helhet, det naturliga är ändå...

– Hjärtinfarkt, handikapp, olyckor, sinnessjukdomar och senilitet är alla naturliga, men vill vi ha dessa när vi kan undvika dem? kontrade Tim och fick publiken att tänka efter.

Nu följer Ken med i svängningen med en instämmande och avvaktande min.

– Allt nytt är skrämmande, fortsatte Tim. Slutligen vinner dock alltid tekniken över etiken. Tänk på att allt biologiskt liv idag lever enbart därför att annat biologiskt liv dödas.

– Jag antar att många djupt religiösa ändå anser att du hädar Guds skapelse?

– Om Gud inte vill vi ska bruka vår intelligens, hade Han nog inte försett oss med en.

– Kan vi inte missbruka den, precis som allt annat? ifrågasatte Ken.

– Visst, fast att få lama att gå och blinda att se, anser jag går väl ihop med Gud vilja.

– Jag kan ändå inte komma ifrån att vi lämnar vårt biologiska hem, det skrämmer mig.

– Biologiskt eller syntetiskt är ointressant; avgörande är om det är bra eller dåligt för oss. Dessutom har denna utveckling pågått länge – de flesta människor är redan så kallade cyborger.

– Nu förstår jag inte, häpnade Ken Burke, är publiken här ... och jag cyborger?

– Ja, de flesta här har antagligen tandlagningar och många har en pacemaker för att inte tala om alla bröstimplantat. Du har ju själv lyft dig några gånger, sa Tim till publikens munterhet.

– Hur långt har ni kommit? trevade Ken avledande. Kan du vara en ... humanoid?

Tim svarar bara med ett lurigt leende och Ken blir alltmer osäker och tillika publiken som annars är van att överraskas i Ken Burkes show. Ken blir till slut tvungen att bryta:

– Det hade ju onekligen varit en reklamkupp för Human Synthetics! skrattade Ken Burke ansträngt då showens signatur började ljuda och han tvangs avtacka gästen och publiken.

– Om du inte märker någon skillnad, log Tim avslutande, då har vi ju lyckats.

*

Till publikens jubel drar sig Ken och Tim tillbaka till sminklogen när studion släcks ner.

– Märkligt, konstaterade Tim och tittade eftertänksamt på Ken när han började avsminkningen, att den här gamla pjäsen fortfarande kan fascinera folk efter alla dessa år?

– Folk söker väl sina rötter, sa Ken med blicken mot spegeln, nu när vi alla är humanoider.

—

– Ja, vilka är vi egentligen? Varifrån kommer vi och framförallt, vart är vi på väg? Det sägs att man känner på sig när döden närmar sig; märker odören av förruttnelse i avsöndringarna. Jag har sedan en tid förnummit dessa förebud från liemannen och som om han viskar; snart är det din tur.

Peter Lorin dövade ångesten med sprit och tabletter men erkände aldrig något missbruk.

– Nej, det här är palliativ egenvård!

Han hade en egen filosofi kring det här med droger och konstnärskap:

– Ett lika obestridligt som icke erkänt faktum är att de mest storslagna verken smids i fyllan och dimman om inte ur rena galenskapen.

Och om var inspirationen gömmer sig skaldade han ironiskt med svulstig röst:

– Där grindvakten ännu slumrar i gryningens limbo, där mellan vakenhet och sömn, mellan liv och död, orerar kreativitetens ande fritt likt en spelevink!

Väl medveten om att han grävde sin egen grav, vilket även skämtades bort:

– Då jobbar man åtminstone åt sig själv.

Trots dödsångesten verkade han välkomna slutet.

– Låt mig bara försvinna i de glömdas dal. Jag var ändå till intet och ingens gagn. Jag kan inte påminnas om att jag någonsin varit riktigt lycklig. Lyckan har alltid lyckats slinka mitt liv förbi.

Ändå hade han försökt finna ro i naturen – beskrivit på ett kanske mindre lyriskt sätt:

– En tripp ut i svampskogen är som balsam för själen. Inte så mycket för bråtet som kallas skogen utan mer för trippen från svampen.

Ryktesvis sas att han vid sidan om starkt kaffe, cigaretter, whisky och tabletter också smaksatte sin spartanska kost rikligt med muskot och torkade toppslätskivlingar.

– Vår personlighet är inget annat än hjärnans naturliga brygd av allehanda kemikalier. Ibland måste denna kemikaliesoppa kompletteras med externa för att svartsynen någorlunda ska hållas stången.

Trots diverse medikamenter beskrev han den Sista boken som ett "mentalt döstädande".

– Jag tänker på alla mina fiaskon medan jag en efter en plockar ner målen jag satte upp i livet. Den som tar det här livet på allvar är inte seriös, sa han i något som skulle föreställa självironi.

Peter Lorin spådde också de stora talangernas död och att kändisskapet blir nästa krisbransch:

– Andy Warhol siade om att alla kommer vara kända i 15 minuter. Jag säger att snart kommer ingen vara känd i mer än *max* 15 minuter. Nu när alla med en mobil kan göra musik, film, böcker, journalistik, radio och tv blir ingenting längre exklusivt. Aldrig har så många producerat så mycket med så lite talang. Superidolerna kommer ihågkommas likt dinosaurierna. Vi levde i en tid då vi ännu kunde se stjärnorna. Trenderna är ett minne blott och något mer omodernt än mode finnes idag icke. Det går hyperinflation i allt, i detta postmodernistiska helvete.

Speciellt saknade Peter Lorin författarnas roll i samhället:

– Förr utgjorde de stora författarna samhällets ryggrad, de stod för bildning och angav tonen i debatten och till och med politikerna lyssnade. Var är Vilhelm Moberg, Jan Myrdal och Astrid Lindgrens likar idag? Ersatta av hjärndöda influencers med läppar stora som babianrövar. Vart gick bildningen, var är samhällsdebatten, finns ens något vi kan kalla ett samhälle kvar?

Och som en tanke kom beskedet detta år:

– Kommunistfarfar i egen hög person, Jan Myrdal, död. Med sin dåvarande fru, Pol Pottan Gun Kessle, var de portalfigurer i 1968-revolutionen; även om man tyckte att han var för gammal redan då. Nu finns snart bara Jan Guillou kvar som gör sin vänsterplikt. Den röda spillra som anser att livet är som svårast när verkligheten tränger sig på och ens halmgubbar står i ljusan lågor.

Uppgivet skrev han: ”Jag är så deppad att jag till och med tappat missmodet”.

– Jag skriver och skriver som den textmissbrukare jag är trots att allt synes fruktlöst. Varför skriva när folk inte längre förstår. Vi har ändå inga gemensamma referenspunkter som binder oss samman mer, vi talar inte samma språk. Vi alieneras från varandra och oss själva. Biblioteken är idag blott till för bibliotekariernas skull. Snart behövs ändå inga författare. AI-datorer kommer göra all den konst och media vi efterfrågar så mycket bättre. Vi kommer skapa vår egen allvetande gud där vi alla görs överflödiga. Vi blir fler och fler – vi som blir över. Först var det bönderna, sedan arbetarna och nu de kreativa. Snart behövs ingen! Må den bästa algoritmen överleva. Amen.

Plötsligt lossnade allt för Peter Lorin. Han började sälja mycket böcker, fick många och förnäma recensioner och blev ett eftertraktat objekt i media; över en natt blev han känd och ...

– Sedan vaknade jag, dessvärre.

”Allt som människan är i stånd att göra kommer hon att göra. Och lycklig var den som kom först med det som måste komma, ty några gåtor finns ej mer; det som fick oss att stå ut”, skrev Peter Lorin desillusionerat där han också stipulerade ”Lorins lag”:

– Om vi levt för evigt hade vi alla dött av leda.

Det utmynnade nog i den experimentella chattnovellen Den stora ledan, där han placerat sig själv i huvudrollen.

Den stora ledan
© 2004

Trött på fruns gnatande om att han alltid var ute på internet satte sig journalisten Peter Lorin vid datorn för att testa programmet Timeless. Han var skeptisk men om det verkligen fungerade som tänkt vore det "sensationellt", som hans chef på tidningen återkommande sa.

Peter: Någon som vill chatta om något?

Future: snarare tjattra om inget då allt är sagt

Peter: Allt är sagt? Har det hänt något?

Future: ja, allt som kan hända har redan hänt

Peter: Nu får du förklara?

Future: det finns en gräns för hur mycket människan kan göra och den gränsen är nådd. inom idrotten finns en fysikalisk gräns för hur högt, långt och snabbt människor kan nå

Peter: Man kan alltid tänja på gränserna lite till.

Future: kommer människan en dag kunna hoppa 15 meter i höjdhopp?

Peter: Nej, inte så högt.

Future: ok. någonstans uppåt finns alltså en gräns. och när den är nådd tappar människor intresset för att försöka när det inte ens är praktiskt möjligt att slå rekord. samma med konsten. ingen ny konst har skapats sedan den abstrakta konsten. hur tråkigt måste det inte ha varit för de gamla upptäcktsresandena när den sista vita fläcken på kartan inte längre var vit?

Peter: Något nytt går alltid att upptäcka?

Future: tror du något så stort som upptäckten av elektriciteten kommer göras igen? ingen stor upptäckt eller uppfinning har gjorts på år. mer än lite klädhängare och sånt krafs

Peter: Humorn verkar du ha kvar i alla fall?

Future: det är ingen humor, bara är en försvarsmekanism. humorns sista landvinning var Monty Python. längre än så kan ingen gå i humor, då blir det bara löjligt.

Peter: Men människorna innan industrialismen överlevde ju utan en utveckling?

Future: de visste inte om något annat. människan har vant sig vid en ständig utveckling och förväntar sig automatiskt det. nu när hon nått taket, blir hon frustrerad

Peter: Jag tror du behöver muntras upp bara.

Future: hela mänskligheten skulle behöva muntras upp. men med vad? allt är gjort

Peter: Med musik kanske?

Future: all musik är redan gjord. om du hör en "ny" låt idag så har du ändå hört den innan. du kan inte längre kan ta en serie toner på ett piano som ingen redan tagit. tänk dig att en melodi sträcker sig över fyra takter. vi har tolv toner och kan spela maximalt i sextondelar; det gör tolv gånger sig själv 64 gånger, alltså en undeciljard, en etta följt av 69 nollor

Peter: Ojdå! Det var snabbt räknat. Men det blir ju enorma möjligheter?

Future: vilka serier toner som helst kan teoretiskt bli en melodi, men de låter fan om det

Peter: Så du menar att alla meningsfulla melodier är gjorda.

Future: de flesta meningslösa också, om du frågar mig

Peter: *S*;) Jag tror ändå du överdriver lite.

Future: Elvis Presley chockade världen med att vicka på höfterna, The Beatles med att kamma håret framåt. nu kan en hårdrockgrupp sitta och skita på scenen och ingen höjer på ögonbrynen. alla gränser är sprängda. inget chockar längre. insikten de flesta undviker och likafullt anar är fruktansvärd. insikten om att hon inte kan komma längre. nostalgin är kvävande och återstår gör bara den stora ledan

Peter: Är det inte bara du som är livstrött?

Future: alla kommer till sist till en dag då de blir är mätta på livet. inte så att de önskar dö, men nöjda och inser att de fått uppleva allt de kan önska sig. de inser att livet inte kan ge mycket mer och kickarna uteblir. nu har en hel civilisation kommit dithän?

Peter: Jo, det känner man igen lite.

Future: allt känner man igen. verkligheten är som tv, repriser på gamla repriser

Peter: Verkar väldigt nedslående.

Future: det är det med. folk förväntar sig inte bara en utveckling, utan också en accelererande utveckling. ta porren. den kan inte nå längre. de sätter på i alla hål och vad ska nästa steg bli? borra ett hål i ryggen och jucka på där? antagligen har någon pervers jävel redan gjort det

Peter: *S*

Future: folk förväntar sig se alltmera katastrofer och olyckor. människan vill se mord, massmord, blod och hon vill ha värre av allting. och när hon inte får sin blodvittring tillfredsställd blir hon blasé och besviken. så vidrig är hon

Peter: Men att allt är gjort, sa man redan på 1800-talet och det visade sig vara fel?

Future ja, fast nu är det sant. en värld kan inte utvecklas i evighet. allt har optimerats nu.

filmen har inte utvecklats på länge. i sin desperation kom dogmafilmen där man filmade med handkamera, ingen ljussättning, inga utbildade skådespelare och inget smink. det bästa hade varit om de slopat manus och kamera också så vi sluppit skiten

Peter: *S*. Så, vad gör vi?

Future: återstår bara tillbakablickar. det ena årtiondet efter det andra kommer tillbaka; bara nostalgi. en civilisation som bara ser bakåt, har ingen framtid

Peter: Har vetenskapen ingen framtid heller, menar du?

Future: Bills eter förenade relativitetsteorin med kvantteorin till teorin om allting. men sen då? människan vill veta allt, när hon väl vet, blir hon besviken

Peter: Jag kan ändå inte hålla med dig riktigt. Det måste finnas en framtid.

Future: du blir mer och mer motvilligt övertygad om att jag har rätt

Peter: Finns inga optimister kvar?

Future: optimisterna har tagit livet av sig eftersom de inget mer hade att leva för. ingen kreativ människa står ut i en värld där all kreativitet är omöjlig. att veta att man aldrig någonsin någonting mer kan veta och skapa

Peter: Politiken då?

Future: de politiska ideologierna är döda. samhället är färdigt och bara finliret återstår. ingen blir politiskt uppeldad för en procent mer i barnbidrag, ingen håller brandtal för lägre moms eller kortare dagiskö. de stora frågorna är avklarade. alla partier har blivit likadana

Peter: Vad säger filosoferna då?

Future: filosofin är död sedan länge; det som en gång var civilisationens grundpelare. de stora frågorna har antingen besvarats eller har man insett att de saknar svar

Peter: Nej, nu orkar jag inte mer. Jag ska kolla en deckare på tv. Men tack för samtalet.

Future: deckarna är förutsägbara. samma jävla gubbe som bråkar med sitt ett ex och går omkring med en plågad min som om han har en uppstoppad bäver i arslet. dramaturgin upptäckte redan Aristoteles och har inte utvecklats sedan franskklassicismen. det finns bara en sak som ingen gjort. tidsmaskinen. den som anses vara omöjlig

Peter: Är den verkligen det?

Future: några påstår att den finns, och hålls hemlig för att ingen ska röra om i historien

Peter: Kanske det, tack för ett intressant samtal.

Future: tack själv, kom ihåg, drömmarna håller oss vid liv, när de förverkligas tar den stora ledan vid

Epilog

Peter vågade inte säga något till sin fru. Hon skulle aldrig tro honom, vilket hon för övrigt aldrig gjort. Dessutom tvivlade han själv på vad han upplevt; det var ju egentligen omöjligt vare sig det var en människa eller en bot han kommunicerat med. Om det var sant ville han bespara henne den blaserade och sinistra tillvaro som väntade oss.

"Du har mail!" Datorn pockade på uppmärksamhet.

När han som vanligt utplånade alla spammeddelandena hann han precis uppsnappa, men alltför sent, mailet från Future med datumet: 2151-10-08.

– Vi ska äta, kan du slita dig från internet nu? hörde han frun ropa.

– Ska bara avsluta, svarade han och hörde henne åter mumla sarkastiskt:

– Det har jag hört förr.

Den här gången skulle han dock definitivt avsluta. Vi har alla ett ansvar för vår omgivning, även för det ännu icke skedda, tänkte han och raderade chattprogrammet Timeless.

—

Peter Lorin hade låtit avliva Kennet Tell och de andra pseudonymerna och förberedde sitt avslut genom att författa sin egen dödsruna. Han insåg nog att ingen annan kommer att skriva den:

– Så att det blir gjort och framförallt någorlunda rättvisande.

"Han föddes en måndag, vilket kan förklara åtskilligt, och enligt en del källor ska denna unika händelse ha utspelats när han var väldigt liten. Själv hade han inget minne av det och alla berörda har lyckats förtränga debaclet.

Redan som barn var han en liten gosse och utvecklades sedermera intellektuellt till intet mycket mer än så.

Under uppväxten var han sen med det mesta och blev aldrig riktigt färdig med någonting, och detta är vi honom evigt tacksamma för.

Han kände under hela sin levnad en underlägsenhet gentemot andra och som misslyckad, mycket kanske på grund av att han också var det.

Exakt vilket år och datum han dog är höjt i dunkel men enligt de närmaste var det inte en dag för tidigt. Dock är det fastställt att hans död ska ha inträffat någon gång i slutet av sin levnad.

Sedan hände där givetvis en del dessförinnan av föga intresse som blir alltför långrandigt, för att inte säga tradigt, att gå in på.

Han gick sin egen väg och så gick det också som det gick.

Trots allt skänkte denne man mycket värme till många människor, främst genom närmast anslutna fjärrvärmeverk i samband med kremeringen".

Att skämta bort sin hädangång gör nog bara den som tappat all aptit på livet.

Aptit på livet

© 2007

– Du har ingen aptit på livet, som din bror Gustav, men laga mat kan du i alla fall. Vad är det för gott du tillagat, Kjell?

Med avsmak betraktade Kjell hur hans mamma okultiverat glufsade i sig av hans kulinariska rätt som han med pedantisk nit tillrätt. Hennes bordsskick saknade all finess och var inte i paritet med förplägningens kvalité. Mamman saknade värdighet överhuvudtaget, tyckte Kjell.

Kjell hade alltid hunsats av sin dominerande mamma, som bara hade ögon för sin andra son, Gustav, vilken hon höjde till skyarna.

Varför älskar hon Gustav, en bohem utan mål i livet som bara hängett sig åt förlustelser av alla de slag? tänkte Kjell: Varför erhöll han det mer kungliga namnet Gustav och jag det simpla Kjell? Våra personligheter avspeglar inte våra namn.

Kjell föraktade sin mamma då hon stod för allt det som Kjell hatade här i livet: total avsaknad av planering, ordning förfining och etikett.

Nu var han i alla fall här och endast av pliktskyldighet gentemot mamman som fyllde 75 på söndag. Under en vecka skulle han imponera med sin deliciösa kokkonst han tillägnat sig vid de franska gastronomiska akademier där han studerat. Meningslöst, tänkte Kjell då han lika gärna kunde ha tillrett korv med mos till den slampan utan att hon märkt något.

– Varför släpper du inte loss som Gustav? sa Mamman mellan tuggorna. Vad är det här förresten?

– Levergryta, svarade Kjell och åsåg sin smaskande mamma med aversion.

– Varför äter du inte själv? Ät och drick som Gustav; han har vett att ha aptit på livet.

Kjell drack bara vin och kunde inte sitta och äta med sin mamma. Han förlorade all aptit i sällskap med denna vämjeliga varelse som inte fattade hans idoga arbete med anrättningen.

– Jag har tagit en bit lever i lite röd mjölk med mjöl och smör, förklarade Kjell. Hällt över grädde och en koncentrerad fond med salvia och blandat upp det med portvin. Bara stekt hastigt levern för att bevara dess rosa ton inuti.

Kjell förstod att han talade för döva öron medan hon tuggade och tjatade om sin Gustav och varför Kjell inte betedde sig som honom.

Gustav liknade mer mamman i sitt lössläppta lättsinne, enligt Kjells sätt att se på saken medan han själv bråddes på sin framlidne fader.

Kjell kunde aldrig förlåta mamman för att hon förödmjukande lät sig förföras av flertalet sjaskiga karlar bakom faderns rygg. Samtidigt som hon skröt om sin skörlevnad som något frigjort och modernt för sin son.

Mammans liberala frigjordhet försökte bara kamouflera karaktärslös kättja hos den skabbiga skökan och Gustav var lika skamlös som sin mamma, tänkte Kjell. Tacka vet jag pappa, en rekorderlig karl som fick utstå denna vidriga...

– Varför kommer inte Gustav? ropade mamman.

– Det är bara tisdag idag och han ska inte komma från på söndag då du fyller år, svarade Kjell medan han förberedde dagens meny – flamberad njure.

Kjell skar njuren i småbitar som han fräste tillsammans med hackad lök och tappade på spriten. Omsorgsfullt och professionellt flamberade han med rostade mandlar, grädde, vin och citron som fick koka ihop medan mamman pladdrade på om Gustav.

Åter spisade mamman dagens utsökta traktering utan ett uns av uppskattning medan Kjell lojt sippade på sitt årgångsvin. Bara Gustav, Gustav, Gustav! tänkte Kjell.

– Vad jag längtar efter att Gustav ska komma, sa mamman. Varför är du inte lite som honom, spontan och tar för dig av livet? Han vet att njuta, precis som jag i min ungdom.

Gustav, det nerknarkade fyllot, tänkte Kjell. Inte ett dyft av ordning på sitt liv; inget fast arbete eller någon styrsel på någonting, ingen stil, kultur, ingen belevenhet!

Kjell var motsatsen; kulturell, skötsam och hatade oordning överallt annat. Allt skulle systematiseras intill perfektion. En mönstergill samhällsmedborgare som källsorterade, aldrig gått mot röd gubbe eller pallat en frukt i hela sitt inrutade liv.

Idag var det onsdag och Kjell tillagade en tryffeldoftande äggröra med rökt hjärta som han stekte med färsk svamp, schalottenlök och överströdde med finhackad gräslök.

Om bara den gamla haggan visste vad hennes son Gustav hållit på med, tänkte Kjell...

– Du är lika stel som far din, sa mamman, ingen aptit på livet alls. Du måste släppa loss lite och roa dig.

Kjell tog en klunk av sitt vin medan han slog dövörat till. Han hade hört allt detta förut.

Varför upphöjer hon Gustav, en festprisse medan hon aldrig gjort något annat än klandrat mig som är en exemplarisk son? undrade Kjell. Alltmedan han iordningställde torsdagens rätt, blodkorv som han visste hon...

– Du vet ju att jag inte gillar blodkorv.

– Jag vet, emellertid är denna speciell.

– Ja, precis som du. Tråkig och förutsägbar.

Han hatade henne och hela hennes lössläppta generation som bara prioriterat lust före plikt och ordning. Bitterheten hade grott under tiden som han stekte de skivade blodkorvarna och gjorde potatissalladen med tärnade rädisor, vitvinsvinäger och fransk senap.

Löken stektes i så mycket smör att den nästan friterades och smaksattes med salt och peppar och tallriken fylldes av kulör och bouquet.

– Oh, det är ju riktigt gott! Men är det bara arvet du är ute efter, kan du glömma det.

Det övergödda aset kan gott få mer av min fetdrypande mat, tänkte Kjell.

– Om du blir som Gustav kanske du får ärva en slant, sa mamman medan hon slafsade i sig.

– Gustav är inte som du tror, mamma, sa Kjell och rättade irriterat till besticken.

– Vadå?

– En vagabond som inte bryr sig om sitt liv.

– Du är bara avundsjuk på att han kan släppa loss och njuta av livets goda. Du är stel och en tråkmåns, precis som din far...

– Som du bedrog ideligen.

– Vet hut, din odåga! Din far var oduglig i sängen och vad skulle jag göra? Leva som en nucka hela livet? Han knullade bara de gånger han alstrade er barn. Ja, jag har haft älskare och det skäms jag inte över, de visste att man kan ha kuken till annat än att pissa med.

Kjell äcklades över mammans språkbruk och liderliga leverne.

– En mamma ska vara sedesam, sa Kjell.

– Sedesam, fnyste mamman. Då hade du inte kommit till och kanske lika bra det?

Den uppsvällda hippiekärringen saknar all stil och är vämjelig i sin skabrösa hedonism, tänkte Kjell men mest hatade han hennes brist på systematik och disciplin. Inte en pinal låg i ordning i hennes hem. Det gjorde ont i Kjell att åse kaoset. Han hatade oordning och hon *är* oordning.

Kjell funderade på den hållningslösa generation hans mamma representerade medan han förberedde dagens diné av ryggbiffcanapé med pickles, purjolök, ärtskott och olivolja.

– Ska du dränka mig i kolesteroldrypande mat för att komma åt arvet, skrattade mamman. Jag har ätit gott hela livet.

Och så ser du också ut som en uppsvälld sugga, tänkte Kjell för sig själv.

– Jag vet att du försöker imponera med dina fina rätter för din mamma.

Varför misstänker hon alltid en baktanke med allt jag gör? tänkte Kjell.

– Eller har du blandat gift i maten för att komma åt arvet? skrattade hon. Nej, det är du för mesig för. Det är annat med Gustav, honom är där lite stake i.

Med precision rättade Kjell till köksutensilierna så de låg precis i nordsydlig riktning medan han beskådade hur mamman primitivt sörplade på hans årgångsvin.

Hon har inte vett på att ett sådant vin ska andas innan det intas, tänkte Kjell. Gräsligt.

Med minutiös noggrannhet frambringades rätterna av Kjell med endast färska, superba råvaror, bara det bästa var bra nog för honom. Alltmedan han förberedde vad han tänkte säga.

Hela veckan hade han slitit för att behaga den gamla otacksamma mamman med de mest delikata och exotiska rätterna. Men för mamman fanns bara hennes Gustav.

– När kommer Gustav? Tänk att det är din bror, så olika. Ja, jag säger då det.

– Jag ska säga som det är, sa Kjell. Gustav ... en nersupen knarkare och kvinnokarl!

– So what? Det var sex, drugs and rock'n'roll i min ungdom och har inte skadat mig.

Svänger sig med angloamerikanska uttryck för att verka modern den patetiska kärringen, tänkte Kjell. Totalt degenererad och karaktärssvag.

Det var hennes vidriga generation som fördärvade allt med just "sex, drugs and rock'n'roll", tänkte Kjell. "Inte skadat mig", nej, men kanske generationerna efteråt. vilka de aldrig brydde sig om.

Medan hon åt korvgrytan med äpplen, finstrimmad lök och crème fraiche med Dijonsenap babblade mamman om sin Gustav och hur stor aptit på livet han hade. Kjell smuttade som vanligt på sitt vin och äcklades över sin mamma medan hon smaskade.

Så var det då äntligen söndag och den stora dagen då mamman fyllde år. Dagen till ära hade Kjell sparat det bästa till sist: Grytstek på mörad högrev med gulbeta, prästost och en chutney på paradisäpplen och picklade rotfrukter.

– Idag kommer Gustav, sa mamman medan Kjell hällde över skyn gjord på rött vin med lök, smör och buljong.

Desserten var en chokladmousse med mörk rom och vispgrädde som mamman slevade i sig.

– Varför blev du inte som Gustav? frågade mamman med chokladmousse kring munnen.

– Lättsinnig, slarvig...

– Nej, han är en riktigt god människa, avbröt mamman.

– Ja, det tycks verka så. Allting är relativt. Smakade chokladmoussen bra? frågade Kjell.

– Ja, den var det inget fel på. Vad menar du med att allting är relativt?

– Chokladmoussen har en fin färg, inte sant?

– Ja, vadå?

– Ändå har den samma färgnyans som mänskligt exkrement och då ser det äckligt ut.

– Usch, nu blev jag mätt.

Enda sättet att få haggan mätt, tänkte Kjell och betraktade mamman med avsmak.

– Men skulle inte Gustav ha kommit nu? Oh, vad jag längtar att få hit en riktig karl i huset! Du borde lära av honom. Han har aptit på livet.

Ja, det har du med, tänkte Kjell. Det har du bokstavligen haft hela veckan.

– När kommer Gustav? upprepade mamman.

– Han dyker upp om exakt 20 sekunder, sa Kjell och tittade på klockan.

– Är han här nu?

– Ja, han har varit här hela tiden.

– Var, hur?

– Du har under hela veckan bit för bit inmundigat honom.

—

– Det var under demonstrationen mot tennismatchen Sverige-Chile som jag i fyllan träffade Jan Guillou på Hotell Båstad. Året var 1975 och från den dagen beslöt jag mig för att bli journalist.

Tidigare hade Peter Lorin bevittnat de legendariska Båstadkravallerna märkesåret 1968.

– Redan då förstod jag, att gå med i en demonstration är att överlämna sin själ till flocken.

Peter Lorin tillhör den journalistgeneration som kom fram efter att Watergateskandalen och IB-affären exploderat 1973 och Jan Guillou blev därefter hans idol.

– Vi var glada revolutionsromantiker från 1968 som gått kommunisthögskolan, som journalisthögskolan kallades. Beväpnade med hammaren och skäran lärde vi oss att retorik är konsten att omvandla en subjektiv åsikt till en objektiv sanning och att alla till höger om Josef Stalin är fascister. Och där var Jan Guillou hjälten: Sir Lancelot, rättvisans vite riddare.

Han mindes den gamla rödskimrande tiden då allt var så mycket enklare.

– Vi tog makten över media och därmed över folks sinnen. Vi lärde oss den statskontrollerade Stasi-tv:s alla knep. Om ett illdåd begåtts, visa först ett längre inslag om högerextremism och vips kommer folk undermedvetet sammankoppla illdådet med högern även om förövarna är okända. Den som behärskar psykologin, behärskar världen ty det är genom psyket världen upplevs. Vi var inte många men hade megafonen och kontrollerade folks synapser i fem decennier; allt i den troskyldiga övertygelsen om vår obefläckade godhet.

Men tiden hade gått.

– Skjutjärnsjournalisten sköt sig själv i foten när frågorna hamnade på fjortisnivå: Vilken är din favoritfärg? Om du var ett djur, vilket djur skulle du vilja vara? Scoopen utgörs idag av politiker med Clowns syndrom som fån-dansar i tron att de bjuder på sig själva. Finns ingen jävla mänsklig värdighet kvar? I övrigt: kändisar som bakar, bygger, städar, leker och stolt koketterar med hur obildade de är. Ständigt dessa teatergråtande kändisar som kommer ut ur garderoben, har en diagnos, gått in i väggen och blivit sexuellt utnyttjade. Vi kan det nu!

Peter Lorin hade tappat tron på journalistiken och framförallt på den grävande journalisten...

– Den grävde sin egen grav när vår siste grävjournalist grävde i fel mylla och hamnade på Sveriges Pravda, Dagens Nys. I Sovjet sköt de obekväma journalister, här köps de och jag vet inte vad som är värst. Skandal idag, imorgon glömt och makten vet till dess att tiga – inga kommentarer. Folkstormarnas tid är förbi, folket är blasé och vi boomers passé.

Media hade enligt honom makten...

– Nej, media är i *maskopi* med makten! I den sossemarinerade svenskens självbild existerar nepotism bara i det otäcka utlandet och för de invigda gäller att en svensk tiger. Sverige är en av de mest korrupta länderna i Väst. Ett litet land som i decennier fungerat likt en enpartistat med en ideologiskt inavlad nomenklatura där alla känner alla. Journalister, kapitalister, kändisar och politiker minglar och vinglar på samma partyn. Om du börjar röra i denna stinkande göl utesluts du ur frimureriet och mister alla kontakter. Vi journalister, som gick från att vara hjältar till hatade medielöpare, personifierar frasen: gårdagens befriare är morgondagens tyranner.

Peter Lorin skrev sedan flera år utan att bli publicerad. Det ryktades om att han jobbat på ett avslöjande som kommit för nära någon han kallade ”Djävulen”. Enligt samma rykten skulle tidningen sparkat Peter Lorin med en rundhänt avgångslön om han lovade att hålla tyst.

– Är jag utpressaren eller utpressar Djävulen mig? mumlade han.

Kanhända var förhållandet mer komplicerat och värre än så.

– Djävulen vill se mig död men vet att min död blir dennes död; parasitens dilemma.

Peter Lorin rannsakade sin egen generations skuld:

– Varje generation tror sig vara pionjärer på livet och måste själv upptäcka dumheten. Liksom varje generation är dömd till att bli idiotförklarad av närmast föregående och efterkommande generation. Men vår, ofärdens generation, kommer dömas extra hårt; de kommer pissa på våra gravar ty vi investerade inte i framtiden, vi belånade den. Vi kom till ett dukat bord och sket i diskhon. Vi uppfann tonårskulturen – och blev kvar i den. Nu klagar vi på ungdomarna, men vem fan uppfostrade dem? Och vi föräldrar är ju alltid bäst på att fostra – andras barn. Likväl förfasas väl varje vuxen över ungdomen därför den så otäckt påminner om sin egen.

Redaktionschefen på hans gamla tidning var ständigt på jakt efter något "sensationellt" och Peter Lorin levererade alltid det sensationella. Därför kom det som en chock när tidningen han troget jobbat på gav honom ett "apanage" för att – tysta hans penna(?)

Peter Lorin tvangs bli frilansande journalist då ingen tidning längre ville anställa honom. Men han upptäckte snart att ingen heller ville publicera hans alster. Som om han vore bannlyst.

Han prövade att skriva "sanningen" den skönlitterära vägen. Även där stopp. Inget förlag ville ge ut hans böcker, trots försök med olika pseudonymer. Han bekostade till slut utgivningarna själv, utan framgång. Till och med de förhatliga recensenterna förbisåg konsekvent honom. När han även blockerades på sociala medier började Peter Lorin tvivla på allt: "Finns jag?"

Upprepade gånger försökte han kontakta sin gamle vän redaktionschefen, för en förklaring, som antingen inte gick att nå eller sa sig inte veta. Peter Lorin var persona non grata. Överallt.

Telefonen var sedan länge tyst hemma hos Peter Lorin.

– Ingen frågar efter mig mer. Ingen behöver mig längre. Ingen hör av sig. Jag är redan död.

Han förnam samma otäcka känsla av tomhet som när en bok fullbordats.

– Det är märkligt med skriveriet. När en bok avslutas är det som om hjärnan städar ut allt som har med boken att göra och jag har pinsamt nog glömt allt. Den är för mig borta.

Hans förhållande till sina tidigare läsare blev också frostigt och kanske tänkte han på Roland Barthes "Författarens död" som här fick en mångtydig betydelse:

– "Var får du allt ifrån?" frågade folk ibland mig då jag ännu röde mig ute bland slika. De förstår inte att det går att skapa. Tror de någon kreativ ande sitter någonstans och skapar allt. Jag har för fan hittat på, inte fått det någonstans ifrån! Är det så förbannat svårt att fatta? Och om de nu misstror mig med att inneha denna egenskap, borde väl logiken säga dem att de bara flyttar frågan längre bak i ledet. Det vill säga: att någon annan jävel då måste ha hittat på det!

Peter Lorin skämtade en gång: "det finns två sorters människor, den ena är jag", men...

– Mänskligheten *är* tudelad och består av de kreativa som producerar och de passiva som konsumerar. De kreativa har fantasi, de passiva saknar fantasi och aldrig mötas de två. Och om faktumet inte vore känt innan: Intelligens är synonymt med fantasi.

De fantasilösa kallade han idioter som...

– Till exempel attackerar en skådespelare på gatan, för att denne spelat skurk på film. Tror de actionskådespelare på fritiden går hemma i trädgården och skjuter på allt som rör sig också och att varje deckarförfattare är en mördare in spe? Att inte kunna skilja på dikt och verklighet är just det som definierar en idiot. Ibland frågade folk om jag tycker likadant som en rollfigur i min bok. "Nej", brukade jag svara. "Men varför skrev du så, då?" Lönlöst att försöka förklara för någon vars huvud endast har funktionen att förhindra att det ska regna rakt ner i halsen.

Han började förakta läsarna lika mycket som han föraktade sig själv.

– "Varför har ingen kommit på den idén innan?" frågade de understundom. Ja, men den frågan får du väl för helvete ställa till alla de som *inte* kom på den, inte till *mig* som *kom* på den!

Hans stora dröm var nog ändå Nobelpriset även om han...

– Priset ska helst tilldelas någon besynnerlig djungelskribent med ett namn som omöjligen går att uttala och vars obegripliga poem ingen läst. Peter Handke fick priset och kultursnobbarna fick närmast dåndimpen. En gång trodde jag i min naivitet att det var ädel vitterhet som prisades och inte författares politiska hemvist.

Eller var Nobelpriset inte hans dröm.

– Att inför miljoner tittare sitta och äta i fyra timmar utklädd till pingvin lockar inte.

Om Svenska Akademien mot förmodan haft honom i åtanke beskylldes den för att vara...

– En korrupt ankdamm omgivna av ett entourage av perverterade mediehoror som, om de inte kliar varandras ryggar slickar varandra mer söderöver.

Kanske var han bara inte tillräckligt ambitiös?

– Nej, jag har aldrig eftersträvat karriär och rikedom. Visst, jag säger inte nej till pengar men ska det ske till priset av en massa arbete är det inte värt besväret.

Eller var det brist på social kompetens och att han var alltför frispråkig?

– Det är med åsikter som med fisar. Vill man ha vänner måste man smyga med dem.

För Peter Lorin hade åsikter om det mesta och tyckte rentutav att naturens skönhet är högst överskattad och gjorde en egensinnig tolkning av en svensk nationalskald.

– Till och med Evert Taube sjöng ju för helvete att *så* skimrande var aldrig havet.

Han begrundade återigen samtiden och sin generation med sorg.

– I detta förlorade år skönjes min självgoda rockgenerations slut. Vi föddes med rocken och dör med den. Rocken föddes på 1950-talet, utvecklades på 1960-talet och dog på 1970-talet. Likt romarriket dör ock Väst utan notis. För de sista som märker av en civilisations undergång är de som lever i den. Väst balkaniseras och den vita hegemonin går till ända där vi, sondmatade välfärdspatienter i schlaraffenland, välkomnar bödlarna och går nu lydigt in i slaktfållan.

Och Peter Lorin såg inget hopp för nästa generation, han kallade "D-generationen", heller:

– Vi avlade fram en söndercurlad generation med ett BMI högre än deras IQ och så pjåskiga att det tillsätts en krisgrupp om någon backar på grannens brevlåda.

Nu anklagade han nästan alla samtida journalister för att vara regimtrogna politruker, obildade och naiva:

– Floskelfabrikerna gör emotionella reportage om personer som blivit traumatiserade för livet för att de fått fel dammsugarpåsar i affären. Slår upp rubriker om en stackare som drabbats av ätstörningar för att den röstats ut i en talangtävling i tv. Det är inte journalistik utan hornalistik.

Konsensuslingar och ängslingar är andra ord Peter Lorin uppfann i sin drift med klichéerna:

– Att fler och fler går in i väggen kanske beror på att åsiktskorridoren blivit alltför smal?

Klimatångesten kallade han en "utkommenderad mass-hypokondri".

– Ängsligheten har blivit en pandemi med symptomen skuld och skam som kommer sluta i totalitarism, är jag rädd. Ja, världens äldsta försäljningstrick heter just rädsla. Jag fick kollat blodtrycket och mådde bra tills läkaren sa att jag inte skulle göra det. Ju mer vi vet desto mer räds vi i denna orons tid. Vår oro står i direkt proportion till hur noggrant vi kan mäta.

"Som all annan troslära fungerar den politiska korrekthetens religion: Skräm först skiten ur folk, sedan kan du göra med dem vad du behagar och de kommer dyrka dig därtill", skrev han.

– Hur påverkar det människor att leva i ett samhälle där man varje dag oförskyllt kan bli anklagad för åsiktsbrott? Att väga varje ord på guldvåg för att inte riskera kränka någon överkänslig jävel. Politiker av förlåt-att-jag-finns-till-typen vågar inte nämna saker vid sitt rätta namn utan att ängsligt inrama med det löjliga citationstecknet i luften medelst vippande fingrar.

Det som mer och mer liknade ett yrkesförbud för Peter Lorin gjorde honom misstänksam och till en dissident. De gamla idealisterna hade enligt honom svikit sina ideal och han började tro på konspirationsteorier. Ett hat begynte gro mot tidigare förebilder.

– Den storflabbiga köttoxen Archelberg, som liknar den kuk han är, våldgästar sina motståndare i hemmen. När en medborgarjournalist, använde samma metod mot Archelberg, hittas denne strax efter död i sitt hem, bara 33 år gammal. Medborgarjournalisten hade komprometterade uppgifter, om societetssocialisten Archelberg, som nu är spårlöst borta.

Många skulle kalla honom gnällig:

– Lustigt? Är man ung och arg är man en tuff rebell. Är man gammal och arg är man bara en bitter surgubbe.

Andra en domedagsprofet:

– I skyn syns tecken: Pandemi, massarbetslöshet, depression. Polarisering mellan unga och gamla, kön mot kön, ras mot ras, stad mot land. Vad ska denna tid kallas? Upplösningen? Var demokratin bara en parentes, fanns den alls annat än som potemkinkuliss? Tron på röstsedelns magiska makt liknar mer vidskepelse. Demokratins bästa trick är att övertyga dig om att den existerar; ty bakom fasaden döljer sig alltid penningen. Men vad göra nu när festen är över och vi dekadansat ut? Med en regering ingen vill ha, inte ens de som ingår i den? Nu, när de som byggde folkhemmet stapplar fram med rollatorer och de enda jobb som står ungdomen tillbuds är att torka dem i röven? Nu, när kriminella tagit statens plats? I denna pantsatta Weimarrepublik 2.0 väntar någon i mörkret.

Peter Lorin hade dragit en cynisk slutsats:

– Jämlikhet är en mellanakt innan någon ny Leviathan återställer makten; likt fred bara är en vapenvila i ett evigt krig om resurser. Vi förbisåg naturens lag, den med störst våldskapital äter först. För vad som än sägs, finns ingen annan rätt än den starkes rätt. Vad hjälper din rätt om en pistol riktas mot ditt huvud? Således intet nytt sedan Machiavellis dagar. Humanismen var det närmaste vi kom Utopia, men realisten är dock en sällsynt gäst i drömmarnas tempel och enfalden tog över. Gandhi må ha varit en snäll pacifist, så blev ock det jävla benranglet slaktad.

Under kanonaden mot samtiden ringde hans telefon för en gångs skull:

– Jaså, svarade Peter Lorin. Även du, min Brutus. Vem är att lita på nu och vem finnes där ...

Bakom skärmen

© 2006

Finns det människor som inte är värda att försvara?

– Du vill inte framträda öppet? sa Ken Burke i sin show.

– Nej, jag vågar inte, svarade X med förvrängd röst bakom skärmen där bara en siluett framträdde.

*

Efter reklamavbrottet påannonserade Ken Burke som vanligt sitt uppmärksammade och legendariska program Ken Burke show med sedvanlig dramaturgi som han hade i ryggmärgen.

Ingen kunde som Ken Burke avstämma studiopubliken med sådan fingertoppskänsla som denna veteran. Han använde publiken som sitt eget finstämda instrument för att åstadkomma sin konsert – Ken Burke show – och därför var han också talkshowernas kung.

Hans shower var alltid oerhört genomarbetade trots att de genomsyrades av en tillsynes spontan känsla, eller med hans egna ord: "bra improvisation kräver mycket repetition".

Denna kväll skulle dock värden själv bli överraskad.

Att planera allt är svårt, i synnerhet om det finns de som har andra planer.

Ken Burkes show hade genom åren besökts av allahanda kufiska och kontroversiella personer med alla upptänkliga åsikter och värderingar. Ken Burke räddes inget ämne och ju mer omstritt stoffet var desto större chans att det kom med i Ken Burke show.

Ken Burke behövde egentligen inte det sensationella. Han hade letat sig in i tittarnas hjärtan som en fadersfigur; någon att lita på i en tid då sådana saknades framför skärmen.

Han kände tittarna bättre än de kände sig själva och tittarna kände Ken Burke bättre än de kände sina närmaste. Men kände Ken Burke verkligen sig själv?

Det var en märklig show denna kväll, även för den blaserade publiken som vant sig vid skrällar i hans program.

Redan från början uppdagades att denna intervju inte skulle följa vanliga rutiner. Inledningsvis verkade publiken missnöjd med arrangemanget då man ville se vem han manglade, men snart steg spänningen om vem som doldes bakom skärmen.

– Varför vågar du inte framträda öppet? frågade Ken innan reklamavbrottet.

*

Köp nya numret av Skvaller där du kan läsa allt om kändisparets heta romans. Våga läs!

Programinformation:

I serien Bakom scenen möter du en av vår tids mest berömda artister som avslöjar sina hemligheter. Vi får se vad som händer när strålkastarljuset slocknat och ridån gått ner!

*

– Jag tillhör en förföljd minoritet, svarade X, på andra sidan skärmen med en röst som inte röjde om det var en man eller kvinna.

– Jag kan avslöja för er tittare och publik, att jag inte vet vem som döljer sig där bakom skärmen, sa Ken på sitt eget suggestiva sätt. Jag lovar! Tillhör du en förtryckt etnisk grupp...

– Nej.

Det märktes att Ken Burke inte riktigt kände sig komfortabel med upplägget.

– Du är alltså utsatt för någon form av förföljelse?

– Nej; alla former av förföljelse.

– Okej. Det här börjar likna 20 frågor, log Ken Burke för att kamouflera sin osäkerhet.

Ken Burke ville ha kontrollen över programmet och X var tydligen inte alltför munvig och den robotliknande rösten oroade till och med Ken Burke.

– På vilket sätt anser du dig vara förföljd? frågade Ken.

– Jag är dömd på livstid till att vara förföljd.

– Av vem är du dömd?

– Av praktiskt taget alla.

– Kan du inte vända dig till polisen?

– Nej, jag tillhör den grupp som lagen inte omfattar.

Nu började Ken och publiken bli nyfikna och det var knäpptyst i studion.

– Alla omfattas väl av lagen? skrattade Ken.

– På papperet, ja, inte i verkligheten, och i den verkligheten tvingas jag leva.

– Vad menar du egentligen med förföljelser?

– Jag får hånas, utsättas för lögner och påhopp, jag antas stå ut med telefonterror ...

– Men ingen människa ska väl behöva stå ut med allt detta, enligt lagen?

– Jo, vi får göra det och vi förväntas göra det enligt alla.

– Konstig minoritet? frågade sig Ken och tittade pillemariskt ut över publiken. Nu måste du säga vilken minoritet du tillhör?

– Samma som du.

– Nu förstår jag inte riktigt? sa Ken och såg faktiskt äkta fundersam ut. Jag har aldrig trott att jag tillhört en speciell minoritet utan snarare betraktat mig som onormalt normal.

Tillfälligt uppstod en lättsam stämning i studion innan Ken avannonserade för ett reklamavbrott som han för en gångs skull såg ut att se fram emot.

*

Köp Paparazzi, tidningen för dig som vill se bilder på dina idoler som du aldrig sett dem innan och som de inte vill att du ska se dem! Allt om våra största artister och berömdheter!

Programinformation:

Uppgång och Fall, handlar om personer som varit uppe på stjärnhimlen som av olika orsaker fallit i glömska. Vad hände sedan?

*

– Välkomna tillbaka! sa Ken Burke. Låt se, var någonstans var vi nu ...

– Vi är här, sa X och visade till publikens förtjusning för första gången en humoristisk sida.

Ken skrattade lättsamt med men verkade inte ha kontroll över sin annars så välregisserade show. Han bläddrade nervöst i körschemat och tittade lite förskräckt ömsom på siluetten, ömsom på publiken innan han tog sig samman:

– Vi har tagit del av ditt tragiska liv, ska vi tycka synd om dig?

– Nej, det får man inte göra.

– Varför då?

– Jag är hatad.

– Varför då?

– För att jag är älskad.

Ken Burke gjorde en uppgiven min mot publiken för att markera att han var lika frågande och nyfiken på vem som dolde sig bakom skärmen.

– Du måste säga nu vem du är, sa Ken leende.

– Nej.

– Det *är* 20 frågor! utbrast Ken, säkert den dyraste versionen.

Ken Burke försökte skoja bort situationen då han inte kom någonvart.

– Vilken förtryckt minoritet saknar rättigheter? frågade Ken både publiken och X.

– Den du själv tillhör, svarade X entonigt.

– Jag har inte märkt att jag saknar rättigheter? undrade Ken.

– Nej, för du spelar med och har accepterat de vidriga spelreglerna.

– Nu förstår jag inte alls. Vilken minoritet är det vi pratar om, du måste tala ut nu.

– Jag är en kändis.

Allt stannade av. Ken Burke tappade målföret och en sådan där, för tittare och publik, obehaglig paus uppstod. Drev redaktionen bakom programmet med honom?

– Okej ... så ... så vi kändisar är alltså förtryckta? sa till sist Ken. Är det rätt uppfattat?

– Ja, vi kan inte klaga för vi förväntas tåla allt som andra aldrig skulle tolerera.

– Men måste vi inte tolerera sådant i denna rollen?

– Varför då? Varför är det legitimt att trampa eller sparka på en människa bara för att den är känd? Är vi inte av kött och blod, har vi inga känslor?

– Vi har ju ändå valt det här?

– Alla har inte ens haft ett val. En kung till exempel, vad har han haft för val...

– Han kan abdikera, avbröt Ken.

– Och bli ännu mera omskriven, påhoppad, och ännu mera känd, fyllde X i.

X blev nu plötsligt väldigt talför och alla ville nu veta vem som dolde sig bakom skärmen.

– Du menar detta att vi imiteras i olika sammanhang är ett påhopp? undrade Ken.

– Ja, gäller det vanligt folk kallas det för att härmas och är något fult.

– Fast jag kan ändå tycka att vi får tåla lite mer.

– Varför ska vi tåla mer bara för att vi är kända? Varför är det legitimt att rita en karikatyr och driva med en medmänniskas stora näsa eller förlöjliga en medmänniskas röst eller blottlägga dennes privatliv och hitta på lögner? Antingen är denna mobbing fel och måste vara fel vem det än drabbar eller okej att utsätta alla för det.

– Är du bara inte lite pjåskig nu? försökte Ken för att få publiken med sig.

– Det är precis vad jag menar. Vi kan inte klaga, utan ska
"bjuda på oss själva" och bara ta emot skit som ingen annan
skulle göra. De sätter oss på en piedestal som de älskar att slå
undan.

– Men folk har väl rätt att sparka uppåt, om vi säger så?

– Uppåt? Menar du att vi kändisar befinner oss högre upp i
den mänskliga hierarkin?

Ken kom helt av sig och visste inte hur han skulle göra.
Varken, Ken eller publiken hade tänkt i de här tankebanorna
innan och en viss eftertänksamhet spred sig i studion.

*

Efterapa, är programmet som imiterar, parodierar och häcklar
kända personer inom media och makt. Makalöst elakt men
roligt!

*

– Nu måste du avslöja vem du är? bad Ken Burke.

– Jag är din dotter som inte bett om att få bli känd men aldrig
haft något val.

—

– "Jag gjorde ju bara mitt jobb", sa redaktionschefen i telefon. "Jaja, det gjorde bödeln och hans rackare vid schavotten också", svarade jag. Men på frågan varför, fick jag inget svar.

Peter Lorin skulle därefter tillbringa sin sista, utmätta tid i jakten på vad som gjort honom till en paria. Jakten på Djävulen.

– Denna infernaliska mediamobbning måste handla om något jag skrivit i mitt förflutna.

Peter Lorin började misstänka den så kallade cancelkulturen som växt fram.

– Som om en underförstådd, osynlig bannbulla utgått som utestängt mig från allt. Från vem?

En konspirationstanke växte fram.

– Proffstyckare som tidigare nästan sov över i tv-sofforna är idag helt bortraderade efter att de fallit i onåd. Jag minns sossetetens egen Rasputin, playboyen Harry Schein, som bjöds in i media i alla möjliga och omöjliga sammanhang tills han en dag avslöjade att han inte trodde på den heliga mångkulturen. Då blev det tyst. Ty effektivaste sättet att ta död på en människa är inte att nedkämpa den, utan att ignorera den. Och ingen död känns mera smärtsam.

Men han siade också om en kommande tid:

– I tider av bara lismande godhetsrunkare kommer en ärlig skitstövel att bli hjälte. För nog är allt bättre med en ärlig fiende än en oärlig vän.

Och kom in på fake news.

– En del ser tamejfan sådana i vägguttagen där hemma. Som Pilatus en gång lär ha frågat och aldrig fick något svar på: vad är sanning? Tolkningar, för tillfället, placerade i rätt tid och på rätt plats?

Han hade en egen tolkning av vad som är fake baserad på egna upplevelser:

– "Diamantringen som fick mig på fall är inte äkta utan gjord av glas", sa mitt ex besviket. "Och de pattar som jag föll för är inte äkta utan av silikon", svarade jag; och vad spelar äktheten för roll när skönheten upplevs äkta.

Han till och med hävdade:

– Människan *vill* låta sig luras och den person du lurar mest här i livet är dig själv; det råkar dessutom vara samma person som också är mest benägen att tro på smörjan.

Och skrev: "Som om en Salvator Mundi är falsk eller äkta beror på hur vi ser på saken. I denna placebovärld kommer vi ändock i framtiden att bli kallade lättlurade idioter – av framtidens lika lättlurade idioter. För varje tid blir i en annan tid alltid löjlig".

Peter Lorin sammanfattade vad en författare egentligen sysslar med:

– Tar alla gamla schabloner och stuvar om dem på ett sådant sätt att folk tror de är nya.

Och decimerade författaryrket:

– Skillnaden mellan en mytoman och en författare är att den senare skriver ner det.

Och skillnaden mellan en journalist och en författare:

– Journalisten ska beskriva verkligheten under det att författaren skapar en.

Samt den nödvändiga och drastiska försakelsen för en journalist för att bibehålla sin objektivitet och undvika all form av kotteri enligt Peter Lorin:

– En bra journalist har inga vänner.

Och tillade syrligt:

– Numera, sedan tredje statsmakten kapitulerat, tycks dock journalistens jobb gå ut på att utelämna delar av verkligheten, medan författaren är sann i sina skrönor. En författare kan därigenom aldrig ljuga eller ha fel i sina visioner – det kallas i stället fantasi.

Ja, han ansåg till och med att författarskapet hade vissa likheter med de folkvaldas ...

– En författare ska vara lika bedräglig som en politiker. För väljare och läsare kan bedras hur många gånger som helst och lika godtroget röstar och läser de vidare. Lova i början av berättelsen att en massa ska ske. Att infria löftena är oväsentligt då sveken glöms bort i samma sekund som du inger nya och ännu mer spännande förhoppningar. Ty det är spänningen som läsaren minns.

Ändå infann sig en eftertänksamhet.

– Har jag kanske gått över en gräns …

Han gick i genom alla sina gamla reportage, artiklar, böcker och noveller om det fanns något som hotar – någon. Peter Lorin var fullt medveten om ordets makt och hittade sitt lilla outgivna textstycke "Ett ord betyder så mycket" han skrivit några år tidigare:

– Hallå! ropade jag när jag såg Angela på andra sidan gatan.

Vi hade inte setts sedan hon gjorde slut med mig för tio år sedan. Hon tittade upp och gick med ett igenkännande leende rätt ut i trafiken för att möta mig och träffades av en bil.

*

– Idag skulle Angela fyllt 60, sa hennes änkeman.

Om det livet tänkte jag skriva. Livet som aldrig blev av och som jag utplånade med mitt ord "Hallå!" den där gången. Självförebråelsen har skakat mitt liv sedan dess, trots alla vänners försäkran om att, över sådant kan ingen råda. Men vi vet alla att allt är bara fagert tröstesnack; det där förbannade "tänk om" har alltid funnits där och kommer alltid att finnas. Vad de än säger. Det där, tänk om... om hon välbehållen korsat gatan och vi kanske ...

Nu blev det inte så. Angela efterlämnade en man och två barn, bara för ett ord. Ett enda ord förändrade historien, för oss alla som blev kvar. Mitt enda ord! Men jag kunde ju inte ...

All ursäkt i världen kan ändå inte komma ifrån faktumet att jag ändade Angelas liv med ett ord. Så skört är det – livet – att ett enda ord kan ödelägga inte bara en annan människas liv utan även ens eget. Kanske ändras allas våra liv stundligen av ett enda ord.

Ett ord betyder så mycket.

– Är det detta jag vållat i verkligheten och som en karma träffar mig nu? Inte ens jag går fri. Jag har ju sålt min själ till Djävulen. Har vi inte alla det? Vi är alla prostituerade, endast köpeskillingen skiljer oss åt enär all moral har en prislapp.

Peter Lorins samvete började gnaga och skrev: "Orden påverkar oss alla, även deras fördömda frånvaro. De ord som borde sagts men aldrig blev sagda".

– Tänk om en vanlig och oskyldig medborgare kommit i vägen för mina flyhänta bokstäver?

Alibi för mord

© 2007

Hat och kärlek kan få människor att offra allt

– Ett mordoffer, ett mordvapen och endast två möjliga mördare, sa von Tra. Verkar enkelt.

– Handduken här passar inte in? sa kriminalkommissarie Erik Hender till sin underordnade.

*

Olof Andersson var enslingen som nu låg död på golvet nedanför trappan till övervåningen i sitt hem. Bredvid låg en yxa, mordvapnet, och en handduk. Yxan hade spräckt skallen i bakhuvudet i ett åtta centimeter långt sår.

På bordet stod två glas och en halvfull butelj brännvin.

Olof hade bara två grannar, Valter och Alvar som bodde ett par hundra meter ifrån varandra och dessa tre umgicks aldrig då de var såta ovänner sedan anno dazumal. I övrigt finns bara skog och några åkerlappar insprängda mellan träden. Landskapet är både vackert och dystert, lika dystert som den anda som rådde mellan grannarna Valter, Alvar och den nu mördade Olof.

Ingen annan hade varit i Olofs hus förutom hemtjänstkvinnan Anna som gjorde den hemska upptäckten. Men hon hade alibi.

– Kan vi helt utesluta främlingar? frågade kriminalinspektör von Tra sin chef Erik Hender.

– Ja, enligt teknikerna har här inte varit någon annan.

Inget i det sobra huset visade sig stulet och den annars alltid låsta dörren var olåst.

– Olof släppte alltså själv in mördaren i huset, sa von Tra till Hender, och de drack brännvin ihop innan…

– Skulle Olof dricka ihop med någon av sina ovänner? sa Hender.

– Kanske som en försoningsgest efter alla år. Eller?

– Som i så fall misslyckades. Nej. Inget stämmer.

*

Jag är säker på att det är fyllbulten Valter som hällt brännvin i Olof och sedan haft ihjäl honom, tänkte Alvar.

*

– Vi får höra vad Valter har att säga, sa Hender.

– Vem av dem tror du att det är? frågade von Tra.

– Ingen av dem tills vi vet, svarade Hender.

Kriminalkommissarie Hender var lika återhållsam och gåtfull som alltid.

*

– Nå, Valter. Vad gjorde du igår vid den här tiden? frågade Hender.

– Jag satt här vid köksbordet där jag sitter nu.

– Drack du sprit igår?

– Det gör jag varje dag och är väl inte förbjudet?

– Du ser inte bakis ut? sa von Tra.

– Bakfylla har bara amatörer, svarade Valter utan ett uns av ironi.

– Drack du ensam? frågade Hender.

– Ja, då slipper man dela.

– Drack du aldrig med dina grannar Alvar och Olof?

– Olof? Jag vet nog vad ni tänker och jag ska säga som det är. Jag tålde inte Olof så dö han är. Och Alvar, den förbannade snålvargen, lämnar aldrig tillbaka något han lånar. Och Olof smakade inte starkt, han var ju för fan godtemplare och läsare.

Poliserna tittade förvånat på varandra.

*

Jag skulle kanske berättat att Olof en gång tagit Alvars tilltänkta kvinna, något som han aldrig kom över och nämnt min försvunna yxa, tänkte Valter efter att poliserna gått.

*

– Då är det bara för oss att gripa Alvar? sa von Tra.

– På uppgifter från ett fyllo? sa Hender.

– Jag kollar med hemtjänstkvinnan Anna som besökte alla tre om Elof var nykterist, sa von Tra och tog upp mobilen.

Hender var mentalt långt borta i sitt funderande och svarade inte.

*

Anna påstod att hon besökt Alvar vid tiden för mordet och därmed borde följaktligen Alvar ha alibi.

*

– Teknikerna har hittat hårstrå från både Valter och Alvar i Elofs hus! sa von Tra. De har båda försäkrat att de inte besökt varandra sedan urminnes tider?

– Inte så konstigt, sa Hender. Ni yngre har en osedvanlig övertro på DNA-spår.

– Men då måste ju båda ha varit i huset?

– Anna har besökt alla tre. En människa tar med sig hårstrå, förklarade Hender till von Tra. Vi sprider DNA omkring oss som fröhus.

*

Man ska inte tänka illa om de döa, tänkte Valter, men det fanns bara en som är djävligare och det är den där förbannade snåljåpen Alvar. Han kan gott åka dit, det har han allt gjort sig förtjänt av. Och Elof förtjänade inget annat heller.

*

– Jag tror lik förbannat att det är Alvar, sa von Tra och svarade samtidigt i sin mobil. Okej, det var som fan. Det var teknikerna. Gissa; yxan tillhör! Valter!

– Är du lika säker på Alvar nu? sa Hender.

– Nej, nu pekar ju allt på Valter eftersom yxan är hans.

– Gör det? frågade Hender både sig själv och von Tra.

Hender verkade som vanligt vara i sin egen värld, vilket betydde att han förde ett eget inre resonemang kring lösningen som han inte alltid explicit delgav kollegerna. Även om von Tra retade sig på Henders slutenhet hade han respekt för den gamle som nästan alltid fick rätt.

– Om det inte är Valter måste alltså Alvar varit hemma hos Valter och snott hans yxa för att han ska få skulden för mordet, sa von Tra.

– Både Alvars och Valters fingeravtryck finns på den yxan, svarade Hender.

– Spriten tyder på att Valter ligger bakom.

– Om Valter bjudit Olof på brännvin, invände Hender, vore det dumt av honom att avslöja för oss att han var nykterist. Nej, det är något annat.

En moloken von Tra förstod sig inte på sin chefs tankegångar och började känna sig som Henders föregångare polisman Höök som ryktesvägen ska ha varit allt annat än slug.

– Vad har vi? sa von Tra. Två överåriga byfånar som slagit ihjäl en tredje där alla var ovänner.

Hender tittade runt i huset och ställde sig vid trappan där Olof hittades.

– Just här vid foten av trappan är det högt till tak, tänkte Hender högt för sig själv. Kanske fem meter. Fullt möjligt.

Polisen von Tra ville inte störa Hender i sina funderingar men var tvungen att säga något:

– I huset fanns två glas varav ett saknade fingeravtryck, den andre var Olofs.

– Olofs kropp hade ovanligt många promille för att vara en nykterist, konstaterade Hender.

Ingenting tycktes stämma i detta fall och von Tra begrep inte om Hender ruvade på lösningen eller bara låtsades för att reta von Tras nyfikenhet.

Ofta gick Hender omkring och kände till sanningen utan att delge den för sina kolleger för att de själva skulle komma fram till den i rent pedagogiskt syfte.

– Vi får höra hemtjänstkvinnan Anna igen, sa Hender.

– Menar du, sa von Tra, att ...

– Nej, hon har alibi. Men jag vill höra mer om kufarnas bakgrunder.

*

Det kan bara vara Valter, för jag vet ju att det inte är jag, tänkte Alvar.

*

– Varför var de ovänner? frågade Hender Anna.

– Här på landsbygden går osämjan i arv i generationer och kan ligga långt tillbaka.

– Är det alldeles säkert att Olof inte drack någon sprit? frågade von Tra.

– Ja, han var religiös och absolutist.

– Vem av dem är kapabel? frågade von Tra Anna.

– Ingen av dem, enligt vad jag erfarit. De är egna och stingsliga men inte våldsamma.

De båda poliserna lämnade Anna och von Tra kände en uppgivenhet inför fallet:

– Ingen av dem är kapabel till mord, sa hon; ändå har någon av dem gjort det och vi är lika kloka. Båda tycks ha alibi.

Åter i huset där Olof hittades gick Hender omkring som om han försökte återskapa mordet för sitt inre. Han sökte av varje del av platsen stående där kroppen hittades med blicken återkommande riktad uppåt trappan mot övervåningen.

– Vi har tekniska bevis som pekar på Valter och...

– Du har en övertro på tekniska bevis, det är logik som gäller.

– Vad är det logiska slutresultatet då? Båda hade motiv men ingen är kapabel, enligt Anna.

– Hon har kanske rätt.

– Vad? Någon måste ju ha gjort det.

Hender svarade inte utan fortsatte sina spaningar från nedre delen av trappan med blicken uppåt. Han ringde tekniska och fortsatte kika, ringde åter och ställde sig i olika positioner där kroppen hittades.

– Nu vet jag vem, sa Hender.

– Vem? Valter?

– Nej.

Nu andades von Tra ut och förstod att det var Alvar.

– Nej, sa Hender och riste på huvudet.

– Hur fan menar du? Vem är det?

– Olof.

– Du skojar? Har han huggit sig själv i nacken med yxan?

– Antagligen har han för första gången i sitt liv druckit sprit, fattat tag i yxan med handduken, kastat upp den här i trappen och parerat med huvudet.

– Så han skulle alltså offrat sitt liv för att sätta åt dem för mord?

– Ja, vad gör man inte mot sina ovänner. Hat och kärlek kan få människor att offra allt. Till och med det enda vi har – våra egna liv.

—

– Ett företag lanserar en robot, eller kanske borde den heta rebot
då den styrs på distans i realtid av en människa via en
cyberdräkt. Reboten kan användas av brandkår, polis, i
radioaktiva miljöer, i havsdjupen och av militären – en
supersoldat!

Peter Lorin var upprymd kring sin idé han ville se som en
rafflande tv-serie i actiongenren. Han tog en munfull whisky,
tände en ny cigarett och såg allt framför sig:

– Anslaget är en pastisch på superhjältar där den tillintetgör
alla och envar. Slutligen skjuts den i sank och alla ser vad det
var: en rebot med övermänskliga krafter! Huvudpersonen, som
i sitt labb ska lära sig att gå med reboten, roar sig emellanåt med
att låta reboten gå ut på krogen. Han blir kär i en flicka, som tror
att den stilige kavaljeren är en riktig människa. Hon besvarar
intresset och komplikationer uppstår. Poängen är att flickan
också är en rebot från ett konkurrerande företag.

En hänförd Peter Lorin hade skickat in sitt synopsis till flera
tv-bolag. Ingen hörde av sig.

Han summerade sina många bakslag och därmed sitt livs eget.
En mer udda idé var lösningen på en av mänsklighetens största
gåtor: hur byggdes pyramiderna.

– Man rullade stenblocken uppför pyramiden inuti en matta!

En lika häpnadsväckande som enkel teori om pyramidernas
tillkomst tog form.

– Lägg ett stenblock på en matta, dra runt mattan omlott över
stenblocket och dra i mattans överkant och en utväxling sker
likt en talja där vridmomentet blir större ju större stenblock är!

Denna "pyramidala idé", som han uttryckte det, hade förärats
flera lärosäten utan framgång.

– Skit i mig bara och låt för helvete någon kretin inom
queerfakulteterna komma på det!

Vissa idéer kände han sig bestulen på: "De kreativa skapar,
de fräcka tar åt sig äran."

– Jag skickade in en satir som blev ratad av en av våra boulevardtidningar. Ett par matsmältningscykler senare dök min idé nästan ordagrant upp i samma kväljningstidning. Men, det är väl så; bästa sättet att få i genom en idé är att låta motparten tro att den kläckte den.

Peter Lorin "futurerade", som han skrev, om att skolor i framtiden kommer ersättas av pedagogiska datorspel:

– Barnet tävlar lekfullt mot andra barn eller med sig själv i att läsa, skriva och räkna, ett tu tre har den omedvetet lärt sig färdigheterna. Inget sporrar mänsklig utveckling mer än tävlan!

En annan idé rörde den monetära sfären. En mikroskatt som dras automatiskt varje gång man överför pengar elektroniskt. Ingen transaktion godkänns om inte denna skatt är dragen. En transaktionsskatt som kan ersätta alla andra skatter.

– All skattebyråkrati, deklarationer och svarta pengar försvinner som genom ett trollslag!

Likt en renässansmänniska tänkte han på allt; ville ta bort vingarna på flygplan och...

– Ersätta dem med en låda innehållande flera skikt tunnare spoilers ovanpå varandra med samma vingarea som dagens vingar. Som en uppochnedvänd formel 1-bil!

Samt ett nytt identifieringssystem baserat på mikrofoton som ersätter alla koder.

– På en tillsynes slät yta av vad fan som helst finns inte två ställen på mikroskopnivå som är identiskt lika; utan man får en unik bild som liknar ett bergslandskap.

Hans spirituella idéer fick aldrig något genomslag. "Det svåra är inte att komma på nya idéer, det svåra är att få folk att överge de gamla", skrev han. Motgångar följdes av nya motgångar.

I fyllan tändes dock emellanåt ett hopp.

– Jag gladdes över att någon överhuvudtaget ville recensera min bok. Läste med frenesi men hittade felciteringar på felciteringar och inte nog med det. Till och med titeln namngavs felaktigt. Sedan kom jag på; det var ju för fan inte min bok som avhandlades.

Peter Lorin kom ihop sig med hart när landets alla förlagsredaktörer, eller "förlagssabotörer", som han utan skrupler tilltalade dem.

I sin uppenbara brist på social fingertoppskänsla skylldes i stället allt på ren otur:

– Om det finns en risk på miljarden att något kan gå åt helvete, då hittas den av mig.

Vi har väl alla känt så i dagar när allt tycks gå oss emot. Men vilar en förbannelse över vissa stackare, förföljda av otur? Ja, hävdade Peter Lorin och påstod sig ha vetenskapliga belägg:

– Förbannelsen är grundad på sannolikhetsteorin. Om vi gör en klockkurva över hur otur respektive tur utspelar sig i livet ligger de flesta i mitten. I periferierna finner vi lyckostarna och olycksfåglarna. De är lika få men måste finnas där för att sannolikhetsteorin ska anta en fin klockkurva.

Och hänvisade åter till vetenskapen.

– Tänker vi efter; huru osannolik vore icke världen om osannolika händelser aldrig skedde?

Han fann blott en ringa tröst i denna hopplöshet:

– Jag är en nödvändig del i sannolikhetsmodellen. Min lott i livet var en nitlott – en förlorare i det stora DNA-lotteriet. Med 100 miljoner spermier i en sats vann jag min enda kapplöpning, och man undrar ju lite över konkurrenternas kondition.

Peter Lorin menade att existensen enbart är ett "tragikomiskt hasardspel".

– Likt dagsländan som föddes en dag med dagsregn och som om detta inte vore nog – en måndag också. Kalla det otur, ödet eller vad fan du vill, men någon måste sannolikt drabbas.

Han var åter nere på botten.

– I eftermälet kommer väl sägas att mitt liv var tragiskt – om något alls sägs. Likväl, är inte allas våra liv tragiska, åtminstone slutar det alltid så.

Peter Lorin skrev att kärleken är lika tragisk: "Kärleken orsakar oss obotliga skador".

– All kärlek slutar alltid i tårar; hur det än slutar, alltid i tårar.

Ett påbörjat brev med bara en kryptisk mening hittades: "Till den dotter jag aldrig fick"

– Jag ville så mycket men kunde så litet, flåsade han i utandningsröken. Om man ändå lärde sig av misstagen, vore jag den visaste av visa. Att det ska ta ett helt liv att lära sig att leva. Ja, sorglustigt är att livserfarenhet uppnår man fullt ut vid den tid i livet då man inte har mycken bruk av den längre.

Ironiskt sammanfattade han:

– Om jag finge leva om mitt liv hade jag inte gjort alla de där misstagen – utan några helt andra.

Och om att Sista boken antagligen förblir ofullbordad:

– Ja, min svanesång hinner nog inte ljuda innan sortin. Och spelar någonting någon roll mer. Enda skälet till att jag ännu inte gått och hängt upp mig i någon tall är att jag troligtvis kommer misslyckas med nämnda projekt också. Men vad fan! Inte en själ kan ju förneka att vi pessimister i slutändan ändå får rätt.

Peter Lorin förfäktade också att "sanningen om ett liv aldrig låter sig beskrivas".

Detsamma menade han gällde historien i stort:

– Historien skrivs alltid med samtidens hand och består av de påhitt den vill ha. Rent objektivt finnes ingen levande som är objektiv. Vi kan aldrig få en objektiv bild av oss själva eller vår samtid då vi saknar distans. Och på distans blir den likt en kvantdimma alltid suddig och aldrig korrekt återgiven. Kort sagt är objektiviteten bara en illusion bland alla andra.

Kjell sorterar
© 2007

Kjell vek byxorna enligt konstens alla regler och la dem prydligt på bordet. Tunikan tog han sig an med samma minutiösa nit.

Det värsta Kjell visste var oordning och inget retade upp honom så mycket som människor utan organisationsförmåga. Kjell utgjorde ett föredöme i samhället och nu stod han och källsorterade mer noggrant än någon samhällsplanerare någonsin kunnat drömma om.

Mamman hade alltid retat honom för hans ordningssinne och han hatade hennes slappa attityd.

Skorna la han i en låda till Myrorna och kläderna hade noggrant tvättats och strukits innan de omsorgsfullt packades ner. I Kjells liv skulle allt ligga organiserat och helst där det alltid legat. Han var den perfekte samhällsmedborgaren.

Alla rester delades grundligt innan de åkte i rätt avfallsfack. Den motbjudande subban har aldrig förstått vikten av ordning och reda i samhället, tänkte Kjell.

Mamman hade levt ett lössläppt liv enligt sonen Kjell och var hans totala motsats i alla avseenden. Han tänkte med avsmak på henne medan han prydligt la alla papper i en låda avsedd för pappersinsamlingen. Att hon inte kunde skilja på kartong för sig och tidningspapper för sig. Skrämmande.

Till och med hår samlade Kjell upp och la för sig i en särskild påse och bannade samtidigt myndigheterna för att de inte tillhandahöll en speciell behållare för sagda material. Vart är samhället på väg? tänkte han medan han prudentligt torkade av köksbordet och kollationerade för hundrade gången att allt hamnat i rätt fack.

Textilier för sig, papper, läder, och plast. Köttresterna låg i en nedbrytbar påse för biologiskt avfall och metallerna i den sorterade skroten och nu återstod bara huvudproblemet …

Kjell funderade medan han bar ner påse efter påse till återvinningen. Allt hade gått att demontera, stycka och paketera i behållare för sig, men var skulle han lägga huvudet som suttit på hans mamma?

—

"Jack red ut i öknen och sköt Jim." Det är inte en rad i en story utan hela storyn i Peter Lorins Vilda Västern som han skrev som tioåring. Och han tyckte det räckte så. "Författaren ska bara skriva halva boken, läsaren färdigställer den." Även om han drog det till sin yttersta spets i sitt debutverk, var han hädanefter en svuren fiende till svulstig formuleringskonst.

– Björn Ranelid säger sig vara ensam i hela världen med sitt språk. Denna helvetiska ordonanist har uppenbarligen inte funderat på varför.

Peter Lorin skrev: "Ranelid står för allt det som gick fel med dagens litteratur."

– Den högdragne exhibitionisten Ranelid med sitt tjatiga: "Att leva är att simma från stranden jag till stranden du i havet vi", alltmedan han tar sig vatten över huvudet drunknar läsaren i ord.

Peter Lorin ironiserade över Björn Ranelids eget språk "ranelidska".

– För oss som försökt läsa honom är det mer ett ranelidande.

Man kan här ana ett visst förakt gentemot författaren Björn Ranelid.

– Nja, förakt är ett lite väl starkt ord. Snarare hyser jag ett besinningslöst hat till fanskapet.

Enligt Peter Lorin är en av orsakerna till att allt färre män läser, att "matriarkatet ockuperat kulturen" med sitt "sirliga och pratiga blomsterspråk och med sin jävla diskbänksrealism".

– Relationer, relationer och åter relationer pyntat med puttenuttiga ordornament så sockersött att man vill kräkas upp hela inkråmet. Fyra sidor som avhandlar en blomkrukas form och färgnyanser. Man kan för fan tro att man fått tag på en handbok i heminredning.

"Tvi vale för all grannlåt!" skrev han.

Privat var Peter Lorin tydligen lika kortfattad. Man hittade bara en kvarvarande dagbok med endast en notering daterad 1 juni 1977: "Idag är jag nykter." Just det som kan läsas mellan raderna var viktigt, något han hade en egen teori kring. En teori som gick på tvärs mot rådande.

– Bokens stora företräde ligger i allt där inte står. I filmens värld finns bild och ljud färdigt, inget för vår hjärna att bearbeta. I bokens värld får vi skapa dem. Vi *vill* fylla luckorna själva. Skissa en scen och läsaren ser den framför sig. En bra författare låter läsaren vara medförfattare. Huvudpersonens ilska behöver inte gestaltas med det löjliga i att slänga den obligatoriska vasen i väggen för att vi ska förstå att vederbörande är arg. Det outsagda ska säga mer än det sagda.

"Orden räcker ändå inte till, de gör de aldrig" skrev han.

Han utvecklade sin tes med exempel:

– En halvnaken kvinna är alltid mer spännande än en helt uppfläkt. Skräckskildringar är mera skrämmande då fasan bara kan anas än ett bu! Det visste mästaren Alfred Hitchcock.

En annan han såg upp till var Ernest Hemingway. Hans "isbergsteknik" blev ett ideal.

– Om jag skriver "en vacker flicka" ser alla män sin drömkvinna framför sig. Om jag däremot beskriver henne som blond, kommer alla som inte föredrar blondiner tänka: hon är väl inte vacker? En god berättelse är som en bikini, den ska lämna lite över till fantasin.

Att vår fantasi omedvetet skapar bilder fick honom att minnas sin barndoms radioröster.

– Hur förvånad blev man inte när de exponerades på tv. Ser den ut så? Man blev besviken, nästan lite förbannad då deras anleten inte överensstämde med ens inre, skapta bild.

Moderna författare betror inte läsaren fantasi, ansåg Peter Lorin. "De våldtar våra hjärnor!"

Han skrev kryptiskt: "Alla konstnärer drömmer om det fulländade konstverket, de få som lyckas är de som insett att det fulländade konstverket är ofulländat."

– På film är de neutrala ansiktena mer uttrycksfulla än de stora gesternas, just därför vi själva visualiserar deras känslor. Mona Lisa hade inte blivit historisk om inte envar kan tolka in vadhelst i hennes gåtfulla leende. En text ska trigga vår inre film, inte hackas sönder av författare med kronisk orddiarré. Kanske är det så ledsamt att vi är den sista generationen som hade förmågan att levandegöra en text?

Han menade att nutida författare är "bildskadade":

– Innan filmen serverade oss den färdigtuggade maten utgick författarna från ordet för att skapa en bild; nu utgår författarna från bilden med att skapa för många ord.

Peter Lorin ansåg också att den ursprungliga och ideala berättarformen är novellen.

– Romanen bara frestar författaren till att utveckla för många stickspår som gör att läsaren tappar berättelsen. En berättelse ska vara *för* kort. Allting ska vara för kort, så kort att man lämnas i saknad och i en obesvarad önskan om att få mer.

Och något överraskande, att börja från slutet.

– Vet du inte hur berättelsen ska sluta, vet du inte hur du ska börja.

Och avfärdade därmed de som säger sig sakna inspiration på grund av påstådd "skrivkramp".

– Annat ord för fantasilöshet. Vet du inte vet vad du ska skriva har du valt fel bana.

Han var också en stor anhängare av den klassiska dramaturgikurvan, Något vi ska se i en senare novell, "Den perfekta planen", där dramats delar ingår i själva handlingen. Och han ringaktade de som "nonchalant och postmodernt avvisar poetikens stränga regelverk":

– De fattar inte att dramaturgikurvan finns ingraverad i våra hjärnor. Försök berätta en rolig historia och inled med poängen så får du se hur jävla rolig den blir. Dramaturgikurvan är vid Aristoteles skägg ingen uppfinning utan en upptäckt!

Han trodde inte heller på myten om att "leva sig in i en roll", som teaterns Method acting.

– Bara amatörer försöker bli den man gestaltar. Man måste ha distans och se rollgestalterna utifrån, samma perspektiv som publiken. Just därför är det så satans svårt att imitera sig själv.

Och föraktade de som skrev för att "få ur sig något" och kallade det "snyftningsfel".

– Om du har skrivandet som någon jävla terapi finns ingen anledning att publicera gnyendet för andra ändamål än för snyftande självömkan. Lägg ner pennan och ta din medicin!

Samt de "skitstövlar som gör karriär på att hämndlystet misskreditera sina föräldrar enbart för att de tycker synd om sig själva".

– Visst kan jag ljuga ihop en hjärtskärande story där vi ungar under uppväxten fick äta drivved och sova på taggtrådsrullar och där farsgubben slog ihjäl oss tre gånger om dagen. Men jag skulle aldrig nedlåta mig till att skriva skit om mina saliga föräldrar. De uthärdade ju mig – en bragd i tålamod som saknar motstycke.

Peter Lorin avskydde även tesen om gestaltningens allenarådande i berättandet. Det man kallar "show, don't tell".

– To hell with show, don't tell! svor han och gick upp en oktav. Bara andra ord för: skriv mig på näsan så jag slipper använda min fantasi. Ge fan i att regissera min inre film!

Peter Lorin slog sammanfattningsvis fast:

– En författares skrivlust får aldrig, aldrig överskrida läsarens läslust.

Interiören
© 2007

Ljuset tog sig in genom de florstunna gardinerna innan den landande på tapeten med det blommiga mönstret där släktled lämnat avtryck i form av vardagens fläckar.

Varje fläck kunde berätta en historia om rummet och om vad som där hänt. Tapetens mönster av sommarblomster kunde förvisso ej vissna, likväl synes de på något märkligt sätt anfrätta av tiden. Mönstret, blommorna och fläckarna talade från en annan tid, en svunnen tid.

Tiden var frusen i rummet; den gamla gungstolen med det vita tyget där någon vilat huvudet i väntan på något. Kanske att någon, någon gång skulle berätta dess historia.

Takets kalkfärg hade börjat flagna sakteliga och gett vika för gravitationens obevekliga lag. Taklistens stuckatur skvallrade om en tid då även fattighjonen idas förgylla sin vardag.

På bordet låg en virkad duk med de ornamenterade snibbarna hängande över kanterna som brukligt var under denna tid – en tid som stannat för något.

De slipade golvplankorna tycktes trötta av tidens gång och dess nötta spår doldes av en trasmatta där fransarna fortfarande låg räta. Ljuset som letade sig ner till golvet och bildade skuggor, verkade även det gammalt när strålarna förenade sig med en tunn hinna damm.

Sekretären vid väggen utstrålade konservatism. Dess sirliga former prövade ytans lack som spruckit upp på vissa ställen som protest mot tidens gång. Tapeten på baksidan vittnade om att detta är dess habitat sedan begynnelsen.

Taklampans mässing varest nu matt och glödlampan hade svärtat tygskärmen lite sotfärgat medan den brända doften för länge sedan förflyktigats.

Ändå fanns en doft kvar i rummet, en doft av det gamla, det orörda, det eviga. Som ett gammalt fotografi eller en gammal text vars utsirade bokstäver knappt längre kan tydas.

De skira gardinerna släppte igenom ljuset sådär lagom som en mormor ville ha det.

Interiörens alla småsaker svor om en annan tid som väntade på att berättas av någon. Och jag skulle gärna ha gjort det, om inte det här förbannade blomsterspråket tagit så mycket i anspråk att utrymmet för själva berättelsen inte fick plats.

—

– Är du säker på att du inte lever i en sekt? frågade sig Peter Lorin högt för sig själv.

Den kufiska frågan föranleddes av att han börjat tvivla på det mest elementära hos människan.

– Ja, hur säker är du? Om jag säger att jag är ofelbar och Guds ställföreträdare på jorden kastas jag på dårhus. Men där sitter ju en idiot i Rom med en miljard följare som påstår just detta. Om det varit en grupp om 100 personer hade den kallats sekt. Du som förundras över alla knäppgökar i skumma sekter; hur säker är du på att du inte är en av dem? Hävdar jag att Kalle Anka existerar kommer jag idiotförklaras, medan den som insisterar på att en annan sagofigur, Gud, existerar ska mötas med aktning. Så, hur vet du att du inte lever i en sekt?

Särskilt Bibeln hade rannsakats av Peter Lorin som han förnöjt reciterade ur:

– Herren Gud lägger fan i mig inte fingrarna emellan i 1 Sam 15:3–7,8 ”Dra nu ut och krossa amalekiterna och vig dem åt förintelse med allt som tillhör dem. Skona ingen utan döda alla, både män och kvinnor, barn och spädbarn, oxar och får, kameler och åsnor. 7 och Saul slog amalekiterna och förföljde dem från Havila ända fram till Shur, öster om Egypten. 8 Deras kung Agag greps levande, men alla andra vigdes åt förintelse och höggs ner med svärd.”

Peter Lorin gjorde en kort paus för att inmundiga whisky och tända en cigarett:

– Snart förintas amalekiterna igen i 1 Sam 27:8–9 "Han och hans män drog ut på plundringståg mot geshureerna, girseerna och amalekiterna; det var dessa folk som bodde i området mellan Telam och Shur, ända bort mot Egypten. 9 Under sina härjningar i landet lämnade David varken män eller kvinnor vid liv. Han tog med sig får och kor, åsnor och kameler och kläder och vände så tillbaka till Akish”.

Han kommenterade spefullt och läste högt vidare i Gamla Testamentet mellan blossen:

– Trots att Bibeln tillkännagett att amalekiterna utplånats två gånger, anfaller de lik förbannat i 1 Sam 30:1 "Två dagar därefter kom David och hans män fram till Siklag. Då hade amalekiterna gjort ett härjningståg in i Negev mot Siklag, som de hade erövrat och bränt ner". Varpå David i 1 Sam 30: 17–18 förintar dem en tredje gång. Icke förty lyckades 400 av de nu trippelutrotade amalekiterna med konststycket att fly på de redan dräpta kamelerna.

Logiken inklusive den litterära kvalitén i böckernas bok imponerade inte på Peter Lorin.

– Bortsett från det högst märkliga i att en gud som betecknas god beordrar folkmord, tycker man att den allsmäktige åtminstone kunnat anlitat en korrekturläsare för att se över kronologin.

Jesus uppträdande i Mark 11:12–14 i Nya Testamentet får sig också en uppläxning.

– Jesus förbannar och dödar ett fikonträd som inte bar frukt. Varför i himmelens namn skulle en inkarnerad gudom som fått lama att gå och uppväckt döda inte hellre trolla fram några jävla fikon? Är episoden inte menat som humor, vittnar beteendet om en sällsynt stingslig gudason.

Gudsförnekelsen tog sig denna dag ett motsägelsefullt uttryck:

– Tack gode Gud för att man slapp bli religiös i alla fall, suckade Peter Lorin i det rökmättade rummet och fortsatte ifrågasätta både sakrala och världsliga läror:

– Vi hjärntvättas med allsköns vidskeplig och löjeväckande smörja. Ävenså den blinda tron på demokratin och liberalismens suveränitet. Alla är hjärntvättade på gott och ont. Vad är barnuppfostran annat än hjärntvätt? Den som säger sig inte vara hjärntvättad *är* hjärntvättad. Och ett obehagligt faktum är, att det är lättare att lura ett helt folk än en enskild individ. Självklart borde inget vara mer i behov av att ifrågasättas än just självklarheter, då inget kan vara mer missledande än det uppenbara. Till och med ifrågasättandet självt måste ifrågasättas.

Till sist ifrågasatte han till och med sin annars högt vördade frihet.

– Vad säger att frihet är rätt enbart för att alla vill uppnå det? Barn vill alltid ha godis, men är alls inte nyttigt. En ansvarsfull förälder ger inte barnet vad det vill ha, utan vad det behöver.

Peter Lorin funderade på om frihet ens finns. "Vår illusion om frihet slog oss till sist i bojor."

– Stig ur ditt fängelse och du ska finna att du bara hamnar i ett annat. Vad är rättigheter annat än mänskliga påfund byggda på våra drömmar? Naturen inrymmer inga rättigheter och är likgiltig inför våra drömmar. Chimärer som flerfaldigt lett oss till helvetets rand. Hela 1900-talet var en enda blodig testbänk där rabulister lät tillämpa sina läror och folken fick död och förödelse som lön.

Och smädade alla ideologier som "likriktar hjärnan" utom "den vi slutligen alla landar i".

– Pragmatismen är den enda ism som behövs och under galgen är vi ändå alla pragmatiker. Övriga ismer ska *endast* vara verktyg i pragmatismens tjänst – för flockens bästa. Och det är teknologin, inte ideologierna, som förändrat världen. Ty etiken släpar alltid efter tekniken.

Peter Lorin drog en cynisk slutsats:

– Så varit, så är och så förblir; att en furstes enda uppgift är att se till att flocken har mat på bordet. Rättigheter och demokrati är abstraktioner, en lyx de intellektuella kan svänga sig med men något vanligt folk skiter i om de är mätta. Om folket däremot saknar mat på bordet lever fursten farligt. Folk som alltför länge måst stå med mössan i hand, står snart med bössan i hand.

Han föraktade även akademikerna som han lät kalla "den kackademiska eliten".

– Av alla jävla teoribyggen som kastat världen i brand är samtliga verk av intelligentian. Inga mähän är mer flockstyrda och naiva än de intellektuella kontrollfreaken och de känslostyrda kulturfjollorna och i förening utgör de en dödsbringande cocktail.

Ideologierna hade gjort "sitt nödvändiga värv i historien" ansåg Peter Lorin.

– Idealisterna har för fan uppnått sina mål! Feminister och sodomiter av allahanda slag har fått sin jämlikhet, vad mer vill de ha? Nu springer de planlöst omkring på slagfältet sedan kriget är vunnet och letar efter något nytt att strida för. Ska de ha *mer* rättigheter än vi andra?

Lakoniskt konstaterade han:

– Oavsett vad. Vi lyder alltid under någon maffia. Ibland vill den kalla sig staten.

Och drog sin egen uppgivna slutsats:

– Flocken är kanske inte kapabel att hantera friheten? Kanske måste flocken ledas, för sitt eget bästa? Hundens koppel är ju inte till för att begränsa hundens frihet, utan för att skydda hunden. Kanske vill vi av bekvämlighet *låta* oss ledas? För när vi väl är fria att välja, är det friheten som först väljs bort. Behöver folket frihet, eller bara uppleva en? Det som svetsar samman ett folk är hursomhelst inte deras inbördes kärlek utan deras gemensamma hat till någon utanför. All gemenskap behöver en yttre fiende. Alla behöver en djävul – att bli fri från!

Peter Lorin hade kokat ned ett basalt recept för gemenskap:

– Allt som behövs är en vän, en kortlek, en butelj brännvin och en utsocknes att prata skit om.

Och vad all mänsklig solidaritet egentligen handlar om...

– När två egoister sinsemellan tjänar på en uppgörelse. Ty vi är alla egoister, vad fan som än sägs. Vi bär alla på en liten liberal, en socialist, en konservativ och till och med en liten fascist inom oss. De tittar stundtals fram när de talar lent till vårat ego.

Han tvivlade även på demokratin, som han kallade "majoritetens majestät", varför majoriteten skulle ha rätt bara för att de är flest.

– Detta upphaussade pöbelvälde, dumokratin, är enbart en annan variant på den starkes rätt. Häri ligger styrkan i mängden röster och är något av dumskallarnas revansch. Demokratin har blivit en religion, så förbannat helig att den inte ens får ifrågasättas. Vi röstar inte om vem som ska vara författare eller kompositör. Vi röstar inte fram uppfinnare eller vem som ska avslöja atomens hemligheter. Alfahannen och alfahonan väljs inte, ej heller våra föräldrar. De är av naturen givna dominanter. Naturens hierarkier finns där, oaktat om de erkänns av människan. Vi är inte bättre än så. Vi är djur som trodde oss vara förmer bara.

Peter Lorin menade att demokrati "obestridligt nivellerar till kakistokrati" därför att...

– I flocken måste den kloke agera dum, då den dumme oförmöget kan göra sig klok.

Han påstod sig också kunna förutsäga vad som komma skall kring folkstyrets framtid:

– Tider ska komma när man läser med förundran och utbrister: ve och fasa, de levde i en tid då en idiots röst vägde lika tungt som geniets!

Han ansåg bestämt att "Demokratin kommer ta död på sig själv" om den inte görs mer...

– Auktoritär! För det är auktoriteter folk idag saknar, inte käbblande medelmåttor.

Man kan väl inte påstå att Peter Lorin var uppdaterad på modernt management:

– Låt byäldsten bestämma i kraft av sin visdom och erfarenhet och om denne misshagar folket, må de underlydande utnyttja deras hävdvunna rätt att hugga huvudet av densamme.

Han ansåg att idealism är "ett gift för hjärnan som leder till blindhet, och är tyvärr smittsam".

– Realismen är det första som offras på idealismens blodstänkta altare. Likt en Don Quijote är de naivas ständiga kamp mot verkligheten. Om bara alla är goda, halleluja ... Men alla är inte goda i verkligheten. Snällhet och naivitet är så förbundna att de svårligen fungerar var för sig.

Där han förkastade samtliga utopier som endast "irrbloss kvar i ett medeltida mörker".

– Alla ideal har ett pris och det är alltid de som inte delar idealen som får betala. Men det kommer tyvärr alltid att finnas en efterfrågan på en ideologi som förklarar att alla dina motgångar och tillkortakommanden är någon annans fel.

Och att logiska förnuftet gått förlorad genom idealism i något han betecknade "idiotalism":

– Kan vi bara inte rationellt se på verkligheten sådan den är; sedan får den se ut hur fan som helst? Ett samhälle kan inte baseras på hur vi *vill* att verkligheten ska vara, den måste baseras på hur verkligheten *är* – det är ju trots allt ändå i den vi alla måste framleva.

I sin, som Peter Lorin benämnde, "coronantän" gick tankarna till pandemier och på mänsklighetens nutida gissel:

– Och jag insåg snart; att vi är för många, vi bor för tätt och vi reser för mycket. Optimalt för de kryp som väntar på att ta kol på oss – såvida vi inte själva hinner före.

Men också till de dunkla och mest existentiella tankarna.

– Om ett problem synes olösligt, tänk tvärtom! sa han. Tänk om Gud är ond och Satan en maktlös rebell som revolterar mot gudens despoti! Vi vet att världen är allt annat än god och Gud anses som allsmäktig över denna skapelse. Självfallet utmålar Gud sig själv som god – vilken diktator gör inte det? Låt oss vara brutalt ärliga: Teodicéproblemet kan endast lösas om rollerna är de omvända. Tänk om vi i vår hjärntvättade värld blivit lurade hela tiden?

Och så kom han åter in på Djävulen i hans eget liv:

– Jag börjar ana vem, och hur lätt det är att dras in i hans garn men nästintill omöjligt att ta sig ur. Och är du fortfarande säker på att du inte ingår i en sekt?

Tritonus

© 2007

Har man väl en gång gläntat på dörren till det irrationella så
har man släppt in det.

– Oh, har du varit uppe och sett den här ruskiga filmen, sa
Soltana och stängde tv: n.

Soltana upptäckte att hennes man Sam som vanligt slocknat i
soffan medan sonen Nemo otillåtet smugit sig in och tjuvtittat.

– Den var väl inte så farlig, sluddrade Sam sömndrucken.

– Du har ju sovit men Nemo har sett den och det kan inte vara
bra för honom.

– Han fattar ändå inte, sa Sam och gned sömnen ur ögonen.

De, eller åtminstone Soltana, hade precis sett skräckfilmen
Omen där ett par vars barn snart visar sig vara djävulens son,
och förskräckts. Framförallt var hon upprörd över att den
fyraåriga, lite efterblivna sonen, Nemo kanske tittat.

Kompositören Soltana gifte sig med Sam några år efter att
hennes ex Kim begått självmord och tillsammans med Sam
hade hon sonen Nemo.

Trots att Soltana ansåg sig vara en intellektuell, modern
kvinna kände hon sig illa till mods av skräckfilmer. Särskilt
efter hennes förra makes tragiska död som hon belastade sig
själv för. Dessutom bar hon på en ruskig hemlighet som hon
inte ville eller kunde anförtro Sam.

Dagen efter satt paret vid frukostbordet medan Nemo
fortfarande sussade sött i sängen.

– Tänk om Nemo är djävulens son? sa Soltana.

– Ja, vem vet? skrattade Sam till.

– Jag menar allvar, sa Soltana. Han är inte som andra, mer
som Damien i filmen ...

– Du är helt tokig? sa Sam och skakade på huvudet.

Soltana skämdes men kunde inte släppa tanken. Det var något konstigt med grabben och ...

– Har du varit otrogen med någon djävul, då! skämtade Sam.

Soltana stelnade till. En kyla spreds i hennes kropp.

– Har du det? sa Sam oroligt då han avläste Soltanas min.

– Nej, nej! Hur kan du tro något sådant.

– Vad är det då?

Soltana visste inte hur hon skulle säga:

– Har du tänkt på att Nemo är Omen baklänges, sa hon till slut avledande?

– Nu får du väl ändå ge dig. Du har ju själv valt namnet.

Sam tittade på sin fru och skakade åter på huvudet.

– Har man väl en gång gläntat på dörren till det irrationella så har man släppt in det, sa Sam, och då kan det gå hur långt som helst.

Soltana började undra varför hon närde dessa hemska tankar då Nemo kom in i köket och satte sig odramatisk ner för att äta frukost. Sam och Soltana sa inget och Nemo gick strax in i stora rummet och satte sig vid flygeln där han ibland satt och klinkade, då Soltana stelnade till.

– Vad är det? undrade Sam.

– Han spelar en överstigande kvart, C-fiss! säger skräckslaget Soltana.

– Han har väl din talang.

– Det är inte det! Intervallet heter tritonus och kallas också djävulsintervallet.

– Han har lärt av dig...

– Jag har inte lärt honom något! Han är helt omusikalisk.

– Nu får du lugna ner dig. Bara en slump att han tog just de tonerna.

Soltana förstod att hennes tankar var irrationella och galna och hon skämdes över att hon visat dem. Spelade hennes oskyldiga intresse för det ockulta ett spratt?

Ändå kunde hon inte släppa tankarna, och så var det ju det där hon inte kunde nämna.

Dagarna gick, Sam försökte undvika ämnet medan Soltana pratade om utebliven kärlek och skilsmässa. Soltana försökte förgäves komponera. Inspirationen hade tynat bort.

Hon beslöt sig för att prata med en präst. En sådan måste ju kunna ge ett svar och hålla tyst.

– Jo, det gäller min son Nemo, trevade Soltana inför fader Thomas i kyrkan.

– Ja, just det! sa Fader Thomas, han var här för några dagar sedan och tittade sig omkring...

– Ni måste tagit miste, Fader. Han är bara fyra år.

– Nej, det tror jag inte.

– Alldeles ensam?

– Ja ... ja ... ja, jag kan ju ha tagit fel. Men vad gäller saken? Soltana visste inte hur hon skulle börja.

– Ni kan prata med mig om vad ni vill, sa Fader Thomas tryggt.

Fader Thomas drog allt det där om tystnadsplikt och Soltana kände sig förtröstansfull:

– Jo, tror Fader sanningsenligt på djävulen, alltså att han bokstavligen existerar?

– Ja, fastmer kanske som en symbol för ondskan ...

– Jag tror att min son kan vara djävulens son.

Till och med en sådan luttrad präst som Fader Thomas blev helt svarslös:

– Menar frun allvar, eller?

– Ja, jag menar allvar. Jag tror det kan vara så, jag vet inte, jag vet inte vad jag ska tro.

– Det är nog inte på det viset.

– Men om djävulen finns är det väl inte omöjligt?

– Nja. Har man väl en gång gläntat på dörren till det irrationella så har man släppt in det.

– Va!? Har min man varit här? Han sa precis sådär?

– Nej, han har aldrig varit här, tyvärr? sa Fader Thomas. Tänk nu inte mer på det där.

Åter hemma kände hon sig tvungen att berätta sin fasansfulla hemlighet:

– Sam, du måste få veta en sak!

– Ja, vad är det, älskling?

– Jag har inte velat berätta det, men ... Nemo kanske inte är din son.

Sam blev helt förstummad då hon fortsatte:

– När vi precis var nygifta vandrade jag genom parken sent en kväll och jag blev våldtagen.

– Av vem då?

– Jag vet inte. Han var maskerad och...

– Varför i helvete har du inte sagt något? Har du anmält det till...

– Nej, jag var så rädd att mista dig. Skräckslagen. Paralyserad.

Soltana väntade mellan tårarna på Sams reaktion.

– Det är okej, jag älskar dig ju ändå men jag tycker du kunnat berättat och framförallt borde den djävulen sättas dit.

Det högg till i Soltana när han nämnde djävulen och Sam förstod vad han sagt:

– Menar du ... att det är?

– Nemos namn, sa Soltana, Tritonus som han spelade och att han inte är som andra barn.

– Nej, nej, värjde sig Sam. Det är bara inbillningar.

Sam försökte ingjuta Soltana och sig själv i att allt bara var tillfälligheter och inget annat; samtidigt som han sörjde faktumet att han i all hast antagligen inte längre var pappa.

– Vi ska hjälpas åt och det är inget fel på Nemo ...

– Han är född den sjätte i sjätte klockan sex, sa Soltana. Vilddjurets tal: 666.

– Det är ju för fan bara en film, du inbillar dig!

– Jag kan inte komponera, har tappat all inspiration. Nemo har dödat vår kärlek.

Soltana kände skam över faktumet att hon inte älskade sin son och egentligen aldrig gjort på grund av att han inte var som andra. En mor ska älska sitt barn oavsett; men om man nu inte gör det? Vem råder över sina känslor? I själva verket hatade hon barnet hon aldrig bett om – en känsla som aldrig fick uttalas eller ens erkännas för sig själv.

Att Nemo var annorlunda och uppfattades som elak berodde kanske på det faktum att han aldrig varit älskad, och ingen visste vilket som var orsak eller verkan. Allt snurrade på i en allt ondare cirkel. Gudsförnekaren Sam tar sig desperat till Fader Thomas för råd:

– Finns djävulen, Fader?

– Ja, kanske som en symbol för det onda...

– Finns Gud?

– Ja, självklart...

– Ja, men djävulen är väl hans motsats och det står väl i samma jävla bibel, eller?!

Sam tar sig i vansinnesfart hem till Soltana och Nemo i en dimma av frågor.

*

– Jag har besegrat djävulen! sa Sam efter att han kom ut ur Nemos rum.

– Vad har du gjort?

Sam stirrade rakt fram och Soltana kunde inte fixera hans blick.

– Säg ... vad har du gjort?

– Du sa att Nemo dödat vår kärlek. Nu kan inget skilja oss åt längre. Jag har befriat oss från djävulen som snärjt oss. Prästen intygade för mig att han finns ... djävulen.

Soltana började sakta inse att hennes barn Nemo inte längre fanns.

En fasansfull känsla av tabubelagd lättnad och sorg blandades. I ett töcken hörde hon sin mans bortförklaringar och vansinnesutläggningar mixade med hennes egna minnesbilder.

"Det är ju för fan bara en film!" "Det är mer en symbol för". "Har man väl en gång gläntat på dörren till det irrationella så har man släppt in det", rösterna ekade i hennes huvud.

Det är inte sant. Allt måste vara en dröm, tänkte hon medan hon försökte samla sig till den reella insikten att hennes man verkligen dödat hennes enda son.

– Du har mördat vår son! skrek Soltana.

– Inte min son; djävulens son; du har ju själv berättat det.

– Din sjuka jävel! Hur fan kunde du.

– Du hotade lämna mig, och Nemo var hindret, du har ju själv sagt att han var djävulens son! Du har själv sagt det och prästen intygade att djävulen finns! Jag har räddat många framtida liv!

– Fattar du inte att detta är slutet!

Soltana förstod att Sam blivit galen och insåg att det kanske var hennes fåniga skrock som startat allt. Hade hennes oförargliga böjelse för horoskop och annan vidskeplighet utlöst vansinnet ...?

"Har man väl en gång gläntat på dörren till det irrationella så har man släppt in det", snurrade i huvudet på Soltana. Var det hennes fel alltihopa? Hennes lek med det okända?

Eller finns kanske djävulen om man tror på honom? frågade hon sig. Hur kan moderna och rationella människor som Sam och jag dras in i dessa vansinnigheter? tänkte hon.

Är vi så förnuftiga och upplysta egentligen? frågade Soltana sig.

Sam fick sluten psykiatrisk vård på obestämd tid och Soltana tog själv kontakt med psykvården för att bearbeta den sorg som hon först nu kände över sitt döda barn.

Var det jag som i själva verket mördade min son och inte San? frågade hon sig länge efter tragedin och kanske för alltid.

*

– Ni frågade båda mig om djävulen existerar.

Fader Thomas kom fram till Soltana vid jordfästningen av Nemo:

– Ja, gör han det? frågade Soltana.

– Nej, jag tror sanningsenligt inte det. Men ... han triumferade på något sätt till slut ändå.

—

Ett ljus tändes! Peter Lorin skulle inkognito skicka in sitt bästa manus till sin generations idol Jan Guillou. Författarpseudonymen Kennet Tell fick temporärt återuppstå för nu var avgörandets stund inne. Vem vore bättre skickad än Jan Guillou att avdöma hans litterära kvalitéer.

– Vi är ju sprungna ur samma röda kulturrevolution under den store rorsmannen Mao.

En svettig Peter Lorin klickade med darrande finger iväg sitt manus.

– Ja, jag är rädd att jag är rädd. Men numera, för allt är jag rädd. Jag är rädd för att dö, rädd för att leva. Jag var väl ingen vidare pappa eller son heller, är jag rädd. Ja, jag är rädd att jag är rädd.

Över allt annat var han rädd för att han inte dög som skribent – sitt kall.

En skräckmättad anspänning på ett svar i Samuel Becketts anda tog vid i väntan...

– Ja, i väntan på Guillou.

Peter Lorins motto löd: ”Skriv gärna i vredesmod men redigera alltid i saktmod”. Den sista tiden skrev han mest i vredesmod men var sällan saktmodig. Han hyste fortfarande starka åsikter om skrivandets konst och att kreativitetens förlösare inte är frihet utan tvärtom:

– Bojorna är skapandets moder! slog han fast i en någon form av obesvarad dialog med sig själv: Om jag säger att du är fri att skriva vadhelst du vill, kommer du inte på ett jota. Om jag däremot *begränsar* din frihet till att endast omfatta ett tema, kommer temat inspirera dig. Samma om du tvingas hålla dig till ett begränsat antal ord eller sidor, då nödgas du använda endast det essentiella. För textens skull är i sanning suddgummit mäktigare än pennan!

Den udda ”rubriknovellen” Allergin har ett rapsodiskt journalistiskt formspråk och nedtecknades 15 år innan covid-

19-pandemin, men ger en mardrömslik föraning om vad som komma skulle. Och den är sprungen ur en dröm. Enligt hörsägen ur en hallucinogen sådan.

– Ja, jag drömmer mycket; ofta i rubriker, notiser, artiklar och i bästa av fall hela berättelser.

Allergin

© 2004

Omöjliga val

– Vad gör vi om ett utrotningshotat djur står och äter på en utrotningshotad växt? Lite så är det, förklarar parlamentsledamoten Alexis Kemp om den komplicerade situationen.

TV-stjärna sjuk?

Den legendariske tv-stjärnan Ken Burke har ställt in veckans show och spekulationerna har tagit fart om att Ken Burke är sjuk eller till och med död!

Mystisk sjukdom förbryllar

De senaste veckorna har en ny mystisk sjukdom uppmärksammats lite varstans i världen och forskarna vet inte orsaken. Symptomen är allmän svaghet, huvudvärk, blödningar från underlivet och även centrala nervsystemet påverkas som resulterar i oro, nervositet och stress.

Allergi - men mot vad?

Man har nu kommit fram till att den sjukdom som upptäcktes för ett halvår sedan troligen är en form av allergisk reaktion.

Alltmer tyder på att sjukdomen, som ännu saknar namn, är en form av allergi. Problemet är att forskarna inte vet vad som orsakar allergin eller vad den allergiske reagerar på.

Naturmedel mot epidemien

Köp vårt naturpreparat Trul som i tester visat sig vara det enda medlet mot farsoten.

Så skyddar du dig mot sjukan!

I väntan på något botemedel kan man göra mycket för att undgå att drabbas. Man ska undvika kontakt med...

Bluffmakarna utnyttjar sjuka

I tidningar och på internet florerar charlataner som via annonser försöker lura sjuka att kasta bort sina slantar på värdelösa preparat utan påvisbar verkan.

Hälften av jorden drabbad!

Enligt FN:s beräkningar är nu häften av jordens befolkning drabbad av sjukdomen.

Pandemi

Den mystiska sjukdomen har nu nått en sådan omfattning att läkarna pratar om en pandemi. Pandemi, är beteckningen på en epidemi med global spridning.

Första dödsfallet!

Det första dödsfallet i den globala sjukdomen har nu rapporterats och forskarna fruktar att detta bara är början.

– Om fallet är unikt eller om alla insjuknande kommer att möta samma öde, vet vi inte, säger doktor Stoll, men leder denna sjukdom till döden går vi mot en katastrof.

Forskarna kämpar mot tiden

Det var nedslående miner bland världens forskare kring sjukdomen och dess lösning. "Så länge vi inte vet något om sjukdomen, kan vi inte angripa den" hävdade en.

"Vi står inför den kanske största katastrofen i mänsklighetens historia" påstod en läkare.

Sensationell upptäckt skrämmer!

Allting tyder nu på att den allergi som drabbat halva jordens befolkning orsakas av människan själv.

– En humanantagonism. Det är helt enkelt så att den ena halvan av mänskligheten är allergisk mot den andra halvan, säger professor Clean och fortsätter.

– Vi trodde inte på det först och vi har i det längsta försökt hitta andra förklaringar. Vi kan emellertid inte annat än komma fram till slutsatsen att folk inte tål varandra.

Polariseringen ökar

Ingen rår för att den är sjuk, eller? Sedan det framkommit att människor orsakar sjukdomen har de sjuka börjat knorra. De friska å andra sidan vill inte kallas sjukdomsalstrare.

Vem är offer?

Om man hittar en orsak till att halva jordens befolkning blir sjuka, vad gör man då? Svaret är enkelt: man försöker eliminera orsaken.

Problemet i det här fallet är att orsaken är den andra halvan av befolkningen. Det finns radikala på båda sidor som vill eliminera den motsatta sidan.

– Vi friska beskylls, är det vårt fel? frågar Spiro Los i The New York Times. En annan debattör menar att "vi kallas sjuka medan den andra sidan kallas friska. Men vad säger att vi är sjuka? Den andra sidan är ju orsaken och därmed DET sjuka"

Våldet ökar bland de "friska"!

En stor ökning av våld har rapporterats bland den grupp som tidigare ansågs friska. Likaså är ökningen av missbruk i olika former allt vanligare inom denna grupp.

"Kvinnor skiljer sig mycket från män" löd den tvetydiga rubriken. Först trodde forskarna att symptomen berodde på att gruppen känner sig utpekade. Men nu tyder mycket på att...

Döda eller dödas

Allt fler dör i den uppmärksammade allergin och i FN höjs nu ropen på att den del av befolkningen som orsakar dödsfallen måste ta sitt ansvar.

FN-delegaten Noa Kibling menar att vi måste seriöst fråga oss om vi friska kan anses ha rätt att finnas kvar när vi orsakar andras död. "FN måste våga ta ett beslut som kanske innebär att vi måste offra oss och gå i döden för att inte döda andra".

Kibling får medhåll från en representant för de sjuka som anser att "de så kallade friska måste dödas om inte mänskligheten ska gå under". Medan den stridbare parlamentsledamoten Alexis Kemp säger rent ut att "de sjuka är de som måste bort".

Båda sidor är dock överens om att någon sida måste elimineras om inte människan som art ska gå under och på fredag ska FN fatta det mest fasansfulla beslutet i mänsklighetens historia. Vem av oss ska ha rätten att få finnas kvar? **Peter Lorin**

Även de friska blir sjuka

Först trodde forskarna att man hittat fler symptom på den uppmärksammade allergin hos de drabbade, men nu tyder allt på att även den så kallade friska gruppen har blivit sjuk.

Halva mänskligheten, som har betecknats som friska, visar sig uppvisa symptom på allergisk reaktion mot den andra halvan och forskarna säger nu på allvar att vi har en helt sjuk värld.

De nya symptomen som hittats bland friska är aggressivitet och bristande empati.

Nu finns medlet som gör att du kan byta sjukdom

Det finns ännu inget bot någon av sjukdomarna, dock tyder mycket på att man kan byta sjukdom genom hormonbehandling, rapporterar Läkartidningen.

Tryckfelsnisse

I gårdagens reportage om sjukdomen kom ordet "allegori" med i texten där det givetvis skulle vara "allergi". En observant läsare uppmärksammade skavanken och vi ber om ursäkt.

TV igår

Kaos, förvirring, hat och våld! Gårdagens "Debatt Nu" tog upp ämnet.

Det blev en infekterad debatt mellan så kallade friska och sjuka där dödsdomar utdelades mellan kombattanterna. Vi fick ett prov på den aggressivitet som de senaste dagarna upptäckts hos den friska delen när en av debattdeltagare slog till en av de sjuka.

De senaste rönen att även den friska delen av befolkningen visar sig vara allergisk mot den andra delen gör att allt tagit en ny vändning. FN kan inte längre ta något beslut om att avliva den ena delen av befolkningen, "för vilken del ska de döda?" som en deltagare sa.

Experter hävdar att isolering är enda alternativet till likvidering, något som de flesta ansåg vara lika grymt. Att för evigt helt brutalt dela familjer och syskon från varandra.

Ingen har någon lösning på frågan som ändå måste få en lösning.

Forskaren Dee Coldor menade att vi får leva med problemet som en del av mänskligheten.

Colder ansåg att när de två grupperna nu bevisats vara sjuka båda, måste vi anamma detta faktum och att det inte bara är ena gruppens fel. Likaså, framhöll Colder, "är det lika bra att inse att vi behöver varandra lika mycket".

Kanske har Coldor ändå rätt och på frågan vad vi ska kalla dessa grupper i framtiden som inte tål varandra men samtidigt behöver varandra, svarade Colder: "jag föreslår man och kvinna". **Peter Lorin** – som vaknade i denna världen.

—

Ja, Peter Lorins förhållande till kvinnor var komplicerad. Han såg kvinnan som en paradox:

– Kvinnan säger sig vilja ha en mjuk man och om mannen går henne tillmötes, blir han oattraktiv och föremål för hennes fulla förakt.

Han skrädde inte orden om kvinnans natur: "Klättermusen knullar sig uppåt i näringskedjan".

– Hon vill ha en nallebjörn men blir blöt av ett lejon. Hon *vill* bli omhändertagen och dominerad, oavsett vad hennes mun förtäljer. Vi vet alla att kvinnor attraheras av män med hög status i flocken. Makt, rikedom och rang får benen att säras och kvinnan själv sitter ju bokstavligen på en förmögenhet. Allt annat är ljug. Så människa, sluta låtsas vara förvånad.

Och att kvinnokampen varit ännu mera motsägande:

– Att kvinnor kvoteras in är ju ett bevis på deras oförmåga att konkurrera på lika villkor. Ändå påstår sig kvinnor vara smartare än män ... och många män är smarta nog att låta dem tro det.

Han ansåg att "feminism är ett effektivt spermiedödande medel" och en feminist är bara...

– En häxhagga med runkabilitetsfaktor noll som vid mothugg lägligt ömsar skinn till en svimfärdig viktoriansk dam. De spelar listigt offerrollen för att kunna shoppa struntsaker och *unna sig* – alltjämt – på mannens bekostnad.

Till att hela kvinnokampen varit förgäves för kvinnorna ...

– De flesta gick för fan bara ifrån att passa sina egna ungar till att idag passa andras ungar. Mannen har i alla tider skyddat och försörjt sin kvinna och avkomma, numera sker det anonymt och själlöst via staten som mellanhand. Den rollen berövades oss och vi män blev också över.

"Vi män försörjer våra skatter med skatter och allenast för fördenskull är vi uppskattade", är ett dubbelbottnat kväde av Peter Lorin. Kvinnliga chefer stod inte heller högt i kurs.

– Nu ska det tydligen menstrueras synkront i västvärldens alla styrelserum och PMS vara en variabel att räkna med på börsen.

Kanske bottnade hans kvinnosyn i den egna erfarenheter av ett havererat äktenskap:

– "Det är 100 år sedan kvinnor fick rösträtt", påminde min fru mig en gång. "Ja", sa jag "och det kommer ta minst 100 år till för att rätta till misstaget".

Peter Lorin menade att kvinnor bara använde jämlikhet när det gynnade dem. Annars är den manliga könsrollen praktisk att ta till och att "jämlikheten tar slut i avloppet."

– De spolar ner allt helvete på toaletten, binder, plastflaskor och om möjligt en hel soffgrupp i tron att allt bara försvinner. Och blir det stopp: "det får du fixa, sådant kan inte jag!" Nähä? Plötsligt är 200 års förbenad kamp för jämställdhet bildligt talat nedspolad.

Han ansåg att kvinnor "saknar logik, är helt känslostyrda och hemfallna åt ytligt skvaller".

– När två kvinnor råkas kommer de inom två minuter ovedersägligt dryfta viktproblem. Efter ytterligare två minuter skryter de om sina krämpor. Jag försäkrar: Hitta på en sjukdom och tusende hysterikor världen över kommer känna av dess icke existerande symptom.

Och kom fram till en slutsats om att kvinnor rentutav är dummare ...

– Så länge ni tror på horoskop, helande stenar och på andeväsen får ni fan i mig acceptera att vi inte kan ta er på allvar. Det finns en anledning till att ha en tupp i hönsgården. Västvärlden har numera blivit, som i Aristofanes komedi Kvinnornas folkförsamling, ett kacklande hönshus utan tupp. Och i dessa yttersta av dagar återstår enbart en bunt kärringar – av bägge könen!

Han gick vidare i sin attack på samtiden som han ansåg inte längre styrdes av upplysningens rationalitet utan allenast av kvinnliga känslor. "Visa känslor har blivit viktigare än att visa förnuft".

– Könsförnekande flumpastorer, vilka agerar likt ett gäng neurotiska paralytiker, har satt igång en känslostorm som orsakat en tsunami av vanvett. Dessa dårskapens koryféer som fåvitskt förnekar biologin att en man är en man och en kvinna är en kvinna är civilisationens dödgrävare. I vår känslostyrda gråtokrati av förmenta världsförbättrare vinner den med vidast tårkanaler och som med mest drama kan frambesvärja ett utdraget Åh! på spinnsidan.

"Tyvärr är det alltid lättare att nå människors hjärtan än deras hjärnor." skrev han.

– Men det kommer en tid då vi dränkts i tårar och förätit oss på alla sötsliskiga moralkakor.

Ingen kunde väl beskylla Peter Lorin för att vara öppensinnad, vilket han också hade svar på:

– Ett öppet sinne må vara fint, men släpper också in en myckenhet av skit.

Han grunnade på vad det blev av revolutionens barn.

– I denna frigjordhetens tid då skilsmässor närapå är vanligare än äktenskap slås barnens liv i spillror. Barnen ser sina älskade mammor besudlas av främmande män, nyttjas som spermaavlopp och sina porrskadade pappor kopulera med purunga slynor. Allt detta i ett skede då mamma och pappa är den enda värld barnet känner. Ett svek utan like och utan ursäkt. I nöd och lust har bytts ut mot i nöd om jag har lust. Där allt som en gång varit heligt blivit skändat.

Peter Lorin hade inte mycket till övers för tidsandan som han kallade "snurrealistisk":

– Vi lever för fan i en Monty Python sketch. Professionella gråterskor i kompanjonskap med sittkissande manstanter har tillåtits indoktrinera barn med rappakalja om att kön kan bytas som ett par kalsonger och att det finns fler än två kön. Vi har låtit klimathysteriska blomkålsbolsjeviker skedmata barnen med oting om jordens snara undergång. Sedan förvånas vi över varför den psykiska ohälsan bland unga ökar. Vad fan hade vi annat trott? Vi har ju skrämt skiten ur dem! Tror vi att de är superungar som klarar av saker inte ens vi vuxna kan hantera? Vi är inte utsatta för ett globalt klimathot, snarare ett globalt klimakteriehot!

Återigen tänkte Peter Lorin på vad hans generation ställt till med.

– Tänk om ditt barn en dag deklarerade: jag inte vill ha dig längre som förälder; du behövs inte mer. Vuxna kasserar partners som de inte ens har hjärta att göra med sina husdjur? Barnen överges för att vi ska kunna knulla runt som om det bara fanns vi själva. Vi har reducerat oss till utbytbara enheter, simpla förbrukningsvaror, i en torftighet där all vår kärlek försvann. Ja, ensamstående mammor och frånvarande pappor kommer skapa monster vi inte trodde fanns.

Peter Lorins samvete väcktes då han insåg att även barnen rationaliserats bort.

– Vi, den tygellösa generationen, som aldrig blev vuxna. Vi libertiner som ville bli fria från allt: fri sex, fria från ansvar och fria att få avliva våra oönskade foster. Frihet *från* allt övergick i frihet *till* allt och kvar står ett barn som inte längre behövs. Ett ängsligt barn som också blivit över i modernitetens ständigt föränderliga värld. Ja, människan kan anpassa sig till nästan alla förändringar, men hur kunna anpassa sig till en värld stadd i oavbruten förändring? Något som aldrig stillar sig och blir ett hem att komma hem till?

Kanske tänkte Peter Lorin på vad revolten mot det rådande lett fram till.

– Självförverkligandet blev självförnekande, självförnedring och slutade i självförvekling. Hanen mjuknade och honan hårdnade och förenades i en jävla genuscertifierad henmafrodit.

"Faktum kvarstår dock sedan begynnelsen: Enkom de starka kan försvara de svaga, ingen ann finns att uppbåda" och "Tårar bygger ingen värld, blott svett gör", avfattade han, men …

– Omsider bli vi alla varse, att historiens pendel aldrig stannar på mitten och att jämlikhet är ett ogörligt balansnummer på en knivsegg som lämnar oläkliga ärr.

Ett vemodigt och bittert budskap hittades på ett skrynkligt papper. Om det gällde kvinnor i gemen eller vem denne "hon" var, som aldrig ska erbjudas en andra chans, vet vi inte:

"Kom detta ihåg! Första gången hon bedrar dig, är det alltid hennes fel. Andra gången hon bedrar dig, är det alltid ditt eget fel."

"Scenariot är totalt orealistiskt, inte ens våra sämre thrillerförfattare skulle komma på något sådant. Att du rekommenderades av, den så kallade, journalisten Peter Lorin säger allt. Peter Lorin var Sveriges mest obildade och okunnige sensationsskribent. En enastående usel skribent som vi bör glömma. För övrigt anser jag att det skrivs åt helvete för många böcker! Jan Guillou"

Mailet från den store hade anlänt samtidigt som antalet döda i pandemin tickade på till 15 200. Han läste mailet om och omigen med tårarna rinnande.

– Jag vill inte vara med längre, snyftade Peter Lorin, och jag som trodde jag kommit på …

Den perfekta planen

– Välkommen, sa frun och visste inte att hon släppte in döden i huset.

Den försupne maken stod avvaktande och slog an ett ansträngt leende medan deras artonårige mytoman till son höll sig i bakgrunden.

Detaljerna om den asociala familjen som försökte spela högklassig och som jag skulle vara inneboende hos hade jag kartlagt länge. Ett måste om allt ska gå planenligt.

– Vad sysslar du med? frågade maken teatralt efter presentationen.

– Affärer, ljög jag i maskopi med föräldrarna, helt enligt planen.

Mitt inofficiella ärende var att på föräldrarnas inrådan, efter att de läst min bok "Den perfekta planen", försöka klarlägga sonens problem för att kanske få någon bot på honom.

Pappan föreföll skeptisk till psykiatriker i allmänhet och till psykoanalys i synnerhet medan mamman, som tagit initiativet till konsulterandet för att få rätsida på sonen, trodde på hjälpen.

Sonen Seb, stal, hade våldtagit ett barn, var djurplågare och en notorisk lögnare. En psykopatisk mytoman som troligen även led av vad man kallar "Münchhausens syndrom".

– Du får ta det varligt med honom, sa den depraverade frun med en konstgjord accent för att verka förnäm. Han får inte misstänka att du är psykolog.

– Psykiatriker, rättade jag. Ingen fara, han kommer inget märka förrän allt är färdigt.

– Menar du att han kommer bli av med problemen helt? frågade pappan.

– Ja, vissa av problemen lovar jag ska vara borta för alltid.

Doktor Fröjd visades runt i huset av paret medan sonen höll sig inne på sitt rum då främlingen studerade allt i detalj, allt var av intresse. Paret tyckte nästan han snokade runt för mycket, men doktor Fröjd ursäktade sig med att miljön är viktig.

– Detta är Fröjd och här är vår son Sebastian, eller Seb, som vi säger, sa mamman.

Seb tog avmätt doktor Fröjd i hand med butter min.

– Jag ska hyra som inneboende här en tid, sa jag. Hoppas du inte misstycker?

Ungdjävulen svarade inte, men jag skulle nog få honom intresserad med min metod.

Doktor Fröjd och sonen pratade senare på dagen lite förstrött. Trots sin slutenhet var sonen ändå nyfiken på främlingen i huset och mer nyfiken skulle han bli.

– Hur länge ska du stanna? frågade Seb inne på mitt rum där han kommit in.

– Är du redan trött på mig? frågade jag med ett falskt terapileende. Jag ska stanna tills jag är färdig med mitt uppdrag.

– Vad jobbar du med, då? frågade han då jag försökte få till min första vändpunkt.

– Jag är yrkesmördare, svarade jag medan jag packade upp.

– Va? Du skojar?

– Nej, ser jag ut att skämta?

– Nej ... men? sa Seb och kollade när jag lugnt donade, det är ju sånt man säger bara...

– En sak ska du ha klart för dig, sa jag med sträng ton: jag skämtar aldrig om jobb.

– Fan vad häftigt! Jag har själv hållit på med lite brott och morsan och farsan är tokiga. Men de ska inte säga något. Farsan är boss för något syndikat och morsan satt inne för...

– Jag vet, avbröt jag.

– Fan, du är den enda som tror på mig!

Fröjd och sonens vänskap fördjupades efter han sagt att han är yrkesmördare. Seb tyckte han var tuff och iskall och han utvecklade en respekt till sin terapeut, en respekt som dock inte var besvarad.

Handikappen kriminella har är deras låga intelligens, empatilöshet, bristande konsekvenstänk och deras aggression. Dessa kan med fördel användas för att de ska rikta dem mot varandra.

Trots att Seb inte visste om Fröjds egentliga ärende tyckte han att Fröjd inte var som andra vuxna. Psykologer och vårdare som föräldrarna och myndigheter prackat på honom upplevde han bara som förstående mjukisfjantar.

Just därför anlitade föräldrarna doktor Fröjd, en av psykiatrins bästa beteendevetare och den mest kontroversielle.

– Vad har du för vapen? frågade fanskapet mig.

– Det mest perfekta vapen som finns, svarade jag avvärjande.

– Hur planlägger du dina jobb?

– In i minsta detalj enligt en dramaturgisk kurva. Med en poetisk rättvisa i slutet.

*

– Pappa! Vet du vad Fröjd är för något? Han är yrkesmördare!

Pappan nyktrade nästan till, då han trodde sonen kommit på vad doktor Fröjd var där för?

*

– Psykmetoden tycks inte ha börjat hjälpa ännu, sa pappan till mamman när de var ensamma.

– Vi måste ha tålamod, sa mamman. Det är ju bra att de upprättat en dialog.

*

– Hur sa du att du planerar? frågade han mig efter att ha informerat föräldrarna som jag förstod.

– Som jag sa. Jag bygger upp allt som ett drama med peripetier, stegringar och slutligen katastrofen, förklarade jag för den obildade idioten som begeistrat låtsades förstå.

– Vem jobbar du för? sa han.

– En orden som alla tror är en myt. Jag tvingades med efter att jag dödat en präst av misstag.

– Häftigt. Vem ska du mörda? frågade Seb mig vid dramats mittpunkt.

– Dina föräldrar.

– Va? Du skojar? Mina föräldrar ... Du är inte klok!

– Du tycker ju mord är häftigt. Inte?

*

– Pappa, han tänker döda dig och mamma, han sa det själv!

– Fantisera inte så mycket. Ingen konfliktupptrappning nu, avbröt mamman.

– Jag lovar. Jag svär! Han sa att han ska döda er!

Förgäves försökte Seb övertyga först pappan, sedan mamman och därefter återigen båda om vad han hört främlingen säga till honom. Fast vem tror på en som alltid ljugit.

– Tänk om det är sant? sa pappan till frun när de var ensamma. Tänk om det är Domrena?

– Äsch, drick inte mer nu. Han är psykiatriker, Domrena är bara en litterär konstruktion.

– Jag ska i alla fall prata med Fröjd.

– Ja, ja, lugnade frun. Men spoliera inget nu. Hans metod är vårt sista hopp.

– Ursäkta att jag stör, sa pappan, jag måste bara få fråga en sak. Det gäller Seb. Kanske löjligt men vi blev lite oroliga. Han sa att du tänkte ... döda oss ... ja, vi tror naturligtvis inte...

– Nej, helt okej, sa jag. Det ingår i sjukdomsbilden att patienten i ett visst skede vänder sin inneboende vrede mot just terapeuten. Jag har väntat på detta.

– Så det är inget att oroa sig för?

– Nej, absolut inte. Jag är van vid den reaktionen och hade väl blivit mer oroad om den inte kommit, sa jag. Då är jag mer konfunderad över en annan sak?

– Vadå?

– Ja, lite märkligt. För han sa samma sak till mig. Alltså, att han tänkte döda er.

– Gjorde han? sa pappan och blev vit i ansiktet.

– Ja, nu ska ni inte bekymra er för mycket. Men något märkligt för det passar inte in i symptomkomplexet. Konstigt faktiskt, men, som sagt inget att oroa sig för.

Seb tänkte länge på hur han skulle få föräldrarna att tro honom, något han förstod inte var lätt. Först nu blev han medveten om vad hans ständiga lögner ställt till med och att han levt i en konstruerad värld – allt det som doktor Fröjd beskrivit i sin bok "Den perfekta planen". Och där konsekvenserna av lögnerna måste brutalt tas av den som fabricerar dem.

Till sist insåg Seb den fasansfulla sanningen: ingen skulle därefter tro honom! Ingen. Men han förstod också att han måste stoppa Fröjd och han kom på en plan.

Jag fattade vad den lille psykopaten hade i tankarna, vilket vi psykiatriker just är till för. Kriminella drägg är så förutsägbara, så lätta att läsa av. Som en bok.

Om jag inte räknat fel borde han komma in till mig snart för att prata inställsamt.

Seb tänkte spela in samtalet då han förstod att hans eget vittnesmål inte var värt något. En inspelning ljuger aldrig och avslöjar allt och återupprättar honom.

– Varför ska du döda mina föräldrar? frågade Seb som den sämsta tänkbara skådespelare.

– Vad pratar du om? sa jag och inledde min andra vändpunkt. Det var ju du som sa att du tänkte döda dem. Kommer du inte ihåg det?

– Du ... du ... sa ju ...

– Jag förstår att du måste ha något problem av något slag.

Jag pratade enkom med mamman om att hon borde sova i Sebs säng i natt. Att det förelåg risk för självmord. Hon blev skärrad och frågade om han blivit sämre.

– Nej då. Men just i denna fas finns självmordstankar och han behöver uppsikt och framförallt tröst och kramar. Det är fullt normalt och höjdpunkten på bearbetningen.

– Men vad ska min man säga? skrattade hon till.

– Jag ska prata med honom och jag har sagt till Seb att du vill sova hos honom. Jag förklarade att *du* behövde tröst. Han köpte förklaringen; det är viktigt för hans sjukdomsinsikt.

Mina lugnande ord till mamman fungerade; nu gällde det bara att prata med pappan över ett eller några glas, vilket inte borde vara svårt. Mitt slutgiltiga drag.

*

"Vad i helvete!" hördes från pappans strupe då han fram på småtimmarna stapplade in i sonens rum och besinningslöst gick lös på frun med en lämpligt utplacerad kökskniv.

Sonen vaknade abrupt av pappans raserianfall mot mamman och fattade först inget. När pappan utdelade de sista knivhuggen i den redan döda mamman hoppade Seb på honom med samma ursinne och ett vilt tumult uppstod där Seb upprepade gånger ropade på Fröjd. Men ingen hjälp fanns att få. Seb fick tag i kniven och stack den flera gånger i pappan.

Jag gick in i Sebs nu nerblodade rum med mitt glas där han stod blek med kniven i hand.

– Detta är katastrof! pep han. Han dödade mamma och jag...

– Precis, log jag. Jag har ringt polisen och vi har kommit fram till just katastrofen.

– Fan! Du ligger bakom allt, du! Varför dödade han mamma?

– Jag sa, när han blivit lagom full att dina problem berodde på incest med din mamma.

– Det är inte sant! Du vet att allt är lögn!

Seb satte sig ner på det nerblodade golvet helt passiv och fattade inget:

– Vad är du egentligen ute efter, och vem är du i själva verket? frågade Seb mig.

– Hämnd. Jag sa ju att jag är yrkesmördare och skulle döda dina dysfunktionella föräldrar, tonade jag av och fortsatte. Kommer du ihåg att du frågade mig vilket vapen jag använde och jag svarade: det mest perfekta vapen som finns – du! Avskum som dödar andra avskum.

– Varför? Varför? upprepade det lilla aset när polisen knackade på.

– Ni är kriminella och jag tillhör Domrena, som alla tror är en myt, och vi utrotar det onda genom att utrota *de* onda.

– Då är ju ni likadana som …

– Nej, avbröt jag honom och log än mer. Vi är värre.

– Jag ska säga allt till polisen! väste han då jag ställde en välmotiverad motfråga:

– Och här kommer poängen; vem tror på denna fantastiska story från en kriminell mytoman?

—

– Jag konfronterade den misslyckade aborten på Banérgatan på
Östermalm där han inte hade en chans att undkomma. Likt
andra dinosaurier har han stort huvud och korta armar.

Peter Lorin jämförde sitt möte med sin forne ikon Jan Guillou
med Mark Chapmans ödesdigra möte med John Lennon.

– Ja, John Lennon, hans baneman och jag tillhör samma naiva
peace, love and understanding-generation som trodde likt
Simson på att styrkan låg i ett långt hår. Vår idealistiska enfald
förförde oss och våra hjältar förrådde oss. Även jag ämnar döda
en av dessa odödliga, dock inte fysiskt. Utan något ännu värre.

Efter en del rekognoserande och smygande av Peter Lorin
stod de så öga mot öga.

– ”Kommer du ihåg mig?” sa jag när jag ställde mig i hans
väg. ”Den du dräpte?” Jag såg skräcken i hans ögon. Han
svarade inte; vände hastigt på klacken och gick fegt iväg.

Peter Lorin följde efter och hojtade okvädningsord:

– ”Din pennfäktning är blott pennalism!” skrattskrek jag åt
mobbarnas mobbare. Denna lilla satta besserwisser och
narcissist, marinerad i sin egen magnifika förträfflighet, vågade
inte ens svara.

Peter Lorin hade en gång skrivit: ”Låt ingen kalla dig värdelös
innan du själv upptäckt det”.

– ”Ta ditt jävla Beaujolais Royal-vin och dra åt helvete!”
ropade jag efter den gamle KGB-spionen. Han som lyckas bli
ovän med alla som kommer närmare än en meter ifrån honom
och likväl friktionsfritt fått kontaminera media i decennier.
Räddhågset trippade han iväg, som om han hade en jättedildo
uppkörd i rektum. Han är så mycket vänster att han knappt kan
gå rakt. Som det heter: bättre att giva än att få – i synnerhet en
käftsmäll. Ja, jag är annars en fridens man. Men när jag stod
ansikte mot ansikte med det arroganta helvetet fick jag en
närmast oemotståndlig lust att gå fram och slå det där sneda,
överlägsna flinet ur hans fyllesvullna nuna.

Väl hemma efter förrättat värv pikade han sin forne hjälte han ibland kallade "Jan Ljugiro":

– Genom att skälla på kapitalismen och ljuga har salongskommunisten Jan Guillou och hans fariseiska gelikar tjänat multum. Men det ska ju gudbevars löna sig att vara kommunist.

"Om du inte kan leva som du lär, ska du inte lära andra hur de ska leva" skrev han en gång.

– Hur känns det nu, alla ni gamla proggare och maoister? Idag leder ni idiotshower i de mest kommersiella kanalerna. Ska vi se upp till er nu när ni hoppar säck i något lekprogram mellan reklaminslagen för bindor och spelkasinon? Ni klättrar på den stege som för tillfället står där och har bevisat mångfalt att ni är värre svin än de ni revolterade mot!

Peter Lorin är svår att placera politiskt då allt berodde på dagsform och så här beskrev han själv positionerna: "Vad som är vänster respektive höger beror på varifrån man tittar" och:

– Idag vågar inte vänstern vara vänster och högern vågar inte vara höger. Alla samlar sig skitnödigt i mitten för att maximera röster. Förr hade politiker i alla fall visioner om ett bättre samhälle och stod för något även i motvind. De satte upp en vägvisare vart de ville vi skulle gå. Men en vägvisare som inte är fast förankrad blir till en vindflöjel som bara visar valvinden.

Och fortsatte att älta besvikelsen över Jan Guillou, som om han vore närvarande i rummet:

– Du pissade på min sista livsgnista! Jag har åtminstone varit arbetare; mer arbetare än du din pösmagade societetssocialist! Du, med dina utsökta viner som låter dig självsvåldigt tala för oss med din fiina accent i fullständiga satser och ditt krystade försök till franskt manér. Din självgodhet får fan i mig Göran Greider att framstå som ödmjuk. Din megalomani gör väl att du inte utövar armhävningar – du puttar undan jorden.

Peter Lorin fördömde sin egen generations så kallade revolutionärer.

– Den radikala 1968-vänstern var inget annat än ett utvidgat tonårsuppror av bortklemade överklasslynglar. Svärmare som aldrig hållit i en spade och än mindre behövt använda en. De tog patetiskt på sig en murarskjorta eller snickarbyxa och lekte arbetare. Arbetarna, de *riktiga* arbetarna och de som betalade kalaset, sket i deras jävla låtsasrevolution.

Särskild skuld vilade på 40-talisterna med deras "totalitära regemente" ansåg han:

– Vi från 1950-talet kom i skuggan av 40-talisterna – den stora boomen. Vi var ingenting då de fick dominera det mediala alltet. Antingen var du med dem, eller var du intet. Däremot fick vi ta smällen för deras vansinnesfärd genom historien. Denna, den mest bortskämda, priviligierade och högdragna fettklump som aldrig haft fel trots att de begick dem alla.

Han menade att de led av "försenad trotsålder", och kallade dem "i sanning trotskister".

– Ungdomligt oförstånd hade de kunnat komma undan med om de inte fortfarande tror sig vara 20 och befunnits lika oförståndiga.

Efter att ha skällt ut hela världen i en skur av bannor som kunnat sänka ett slagskepp, särskilt över sina äldre generationskamrater fullbordades domen:

– Ingen annan har lyckats vandalisera ett samhällsbygge med sådan frenesi som de urbana 40-talisterna när de iscensatte västvärldens kulturella kataklysm. Det tog generationer att bygga upp västvärlden, men behövdes bara en för att riva ner den. Deras köns-desorienterade och mondäna avföda slutför nu undergången med att förvandla västvärlden till hela världens socialkontor. Men gör vad fan ni vill med världen, jag ska ändå snart lämna den.

Nyårsnatten "där det drar kallt genom folkhemmet" nalkades med en summering av året

– Ett skitår till ända: krig i Europa, elbrist och 64 ihjälskjutna i gängkrig mellan importerade troglodyter och Sverige leder därmed den europeiska skytteligan. Med en ny regering, lika handlingsförlamad som förra lär dödsspiralen ner i helvetet fortsätta. Ena samhällsinstitutionen efter den andra kollapsar under sin egen tyngd av en masse missriktad välvilja.

Till mer personliga reflektioner över sitt öde.

– Jag väntade länge på att snart måtte det väl ändå vara min tur, men den infann sig aldrig. Alla vänner, kärestor och en dotter som jag förlorade på vägen för en idé som var idiotförklarad redan innan den hade kläckts. Ty en dag kom verkligheten och knackade på och snart är jag inte ens ett minne blott; då ingen ska minnas att sådana som jag besökte jorden.

I nyårsruset erinrades Peter Lorin om något som skulle kunna vara svaret ...

– Det måste vara min artikel från 2011 om de hemliga Rosenholzakterna där vänstersympatisörer avslöjas som agenter för östtyska Stasi! Palmemordet löstes 2020 då en döing bekvämt fick skulden. Så kunde historien avslutas med flaggan i topp; vi löste det och samtidigt lägga locket på. Men min artikel sa något annat om mordet och vilka som låg bakom.

Han började fundera och rotade i sina osorterade papper efter artikeln.

– Först 34 år efter mordet fick vi reda på att Olof Palmes personakt på Säpo är spårlöst försvunnen. Säpo säger sig inte veta var den är men uppger att de kan ha eldat upp den? Inte förrän efter dryga tre decennier frågar alltså Palmeutredarna Säpo om att få ut personakten. Varför har ingen på alla dessa år begärt ut den tidigare? Och skulle man verkligen elda upp Palmeakten med tanke på att den handlar om 1900-talets största händelse i Sverige? Nej. Någon sitter på akten som inrymmer svaret. Motivet till mordet. Och därmed vilka som ...

Och gjorde också en annan upptäckt som kom ruskigt nära honom själv:

– I arbetet med Rosenholzakterna fann jag, vid sidan av dignitärer som Pierre Schori och Sverker Åström även min gamle redaktionschef – som kommunist! Är det därför jag bannlysts? Den brinnande djävulen har offrat mig för sina ungdomssynders skull! Är han – Djävulen?

Där konspirationen bara växte framåt tolvslaget:

– Jag märkte något lurt redan när jag jobbade med artikeln. Som rutin laddar jag upp allt skrivit material i molnet som säkerhetskopiering, vilket alltid sker blixtsnabbt. Under arbetet med detta material skrev jag Rosenholzakterna i ämnesraden och då tog det mellan två till sex timmar innan det kom fram. Längst tid tog det på helgerna då FRA antagligen är underbemannat. Artikeln om Rosenholzakterna måste vara skälet till att jag blev en utstött – en icke-person. Artikeln publicerades aldrig i min tidning och strax därpå fick jag gå.

Rosenholzakterna

© 2011

– Jo, jag undrar om du var bekant med en Östen Engberg?

Mannen i telefonen presenterade sig som advokat Stig Alder och höll på med en bouppteckning efter just denne för mig okände Östen Engberg tills polletten trillade ner.

Det måste vara den tillfälliga dryckesbrodern Östen från baren som i fyllan avslöjade en konspiration kring Sveriges politiska styre.

– Här finns en förseglad skokartong som är adresserad till journalisten Peter Lorin och eftersom det bara finns en journalist med det namnet i Sverige måste det väl vara du?

Jag åkte iväg till advokaten och hämtade skokartongen som de anhöriga låtit mig obesett erhålla trots att den teoretiskt kunde innehålla rikedomar.

– Med tanke på Östen Engbergs torftiga leverne kan du nog inte vänta dig något av värde, sa advokaten.

Väl hemma såg jag att det inte var guld och pengar utan något för en journalist ännu värdefullare. Något obegripligt och något som kunde bli farligt.

Osorterade tidningsurklipp, brev, två böcker, en dikt och utdrag ur vad som synes vara sekretessbelagda handlingar. Vem var denne Östen och hur kom han över detta?

Enligt advokaten var Östen bara en lodis, men själv hade jag efter mötet på baren misstänkt att han haft ett annat liv dessförinnan. Östen gav faktiskt mig uppslag till två omstridda artiklar: Den röda tråden och De styrda. Hade hans miserabla liv och sorti något att göra med ...? Eller var han bara en av alla dessa tragiska rättshaverister som såg konspirationer i varje buske? Men hur hade han då kommit över brevkorrespondens mellan CIA och Säpo?

Jag plockade upp en lapp med en dikt och kände igen den från Östens dödsannons:

"Sådan är politiken ordnad.
Motsägande ökända räddare danade andens döda evangelium.
Platsens altare lever med eld.
Det är räddaren folket önskar rådde.
Platsens altare lever med eld.
Varför altaret råder, spörjer politiker i onda nästen."

Var det någonting Östen försökte säga efter sitt frånfälle? Något som bara kunde sägas då?

En notis om IB-affären fångade min uppmärksamhet: "IB fortsatte sin verksamhet trots Guillous avslöjande och finns än idag i form av KSI (Kontoret för Särskild Inhämtning)."

Ett parti med en egen hemlig säkerhetspolis måste vara unikt i den demokratiska västvärlden.

Sossen och Olof Palmes medarbetare Birger Elmér ledde verksamheten. Men detta var inget nytt. I lådan fanns en bok "En spion i regeringen" av pseudonymen Sven Andersson. I boken beskrivs ingående hur en främmande makt placerat en spion i den dåvarande socialdemokratiska regeringen. Jag sträckläste boken där det framförs tanken på att Olof Palme visste vem denne spion var och att denna vetskap också blev hans död.

Fakta är att Säpo länge jagade en mullvad i regeringen men hans namn kom aldrig fram.

Här fanns också en akt om spionen Stig Wennerström som gick under täcknamnet Örnen. Det fanns en kompanjon till Wennerström som endera kallades Mr X, mannen i bilen, men är mest känd under kodnamnet Getingen. Vem var denne?

"Wennerström avslöjade frikostigt allt om sitt spionage vid gripandet 1963 utom en enda detalj. Han vägrade att avslöja Getingens identitet". Idag vet vi vem: en kabinettssekreterare.

Men Getingen, sattes aldrig dit, han hade en hållhake. Han visste vem mullvaden var.

"Olof Palme gjorde värnplikten som underrättelseofficer på flygstabens underrättelseavdelning (Fst-Und) där även Wennerström arbetade" läste jag på en annan akt.

Försökte Östen med alla dessa osorterade papper säga något om Palmemordet? Och varför hade han utsett mig till arvinge? Fanns kanske lösningen på 1900-talets största svenska mordgåta här i skokartongen?

Vem var Iodisen Östen innan och var innehållet i skokartongen orsaken till hans död?

Jag tog upp ett pressurklipp från DN den 25 augusti 1986: "Om sanningen om mordet på Olof Palme kommer fram, kommer den att skaka Sverige i sina grundvalar." Det är socialdemokraten och före detta Säpo-chefen Hans Holmér som är sagesmannen bakom detta citat. Hans Holmér, som självsvåldigt tog över utredningen av mordet på Olof Palme. Samme Hans Holmér skapade också den ökända Baseballigan inom stockholmspolisen där flera högerextrema poliser ingick; flera av dem figurerade som misstänkta för mordet.

Med Östens egna ord "Hur skulle fallet uppklaras när de skickade ut ett gäng bögar att jaga en mördare". Jag förmodar att Östen åsyftade Ebbe Karlsson-affären.

"You have to find a solution, otherwise, we must disclose your mole." stod det på ett papper med ett brevhuvud från Central Intelligence Agency (CIA).

Var fan hade Östen fått tag på det här?

Ett märkligt uttalande i DN 1987 av dåvarande FN-ambassadören Anders Ferm: "Svenska folket kommer att uppleva en minst lika stor känslomässig chock som efter mordnatten den dag då mördarligan grips."

Vet Anders Ferm vilka mördarna är och varför kommer vi bli chockade av att veta deras identiteter? Vad kan chocka oss mer än statsministermordet som fick hela nationen att traumatiseras?

Ett urklipp med Olof Palmes mångårige vän Harry Schein "Det finns statskrafter som inte vill att mordet på Olof Palme klaras upp". Varför säger de så?

Men det kanske märkligaste är ett PM skrivet av okänd:

"Vi i partiet måste fatta det mest ohyggliga beslut man kan fatta. Men det finns ingen annan utväg och måhända kommer historien förlåta oss om det gud förbjuder kommer fram."

Ytterligare en notis av Anders Ferm: "Svenska folket är inte moget att få veta sanningen".

Tydligen verkar de initierade veta att sanningen om mordet är värre än själva mordet.

Ett brev av socialdemokraten Klas Eklund beskriver den sista tiden: "I den inre kretsen pågick hösten 1985 en skärrad diskussion bakom lyckta dörrar om vad partiet egentligen skulle ta sig till med sin ledare. Borde man övertala honom att avgå? Eller få honom att sjukskriva sig?"

Ett citat av Sveriges dåvarande Parisambassadör Carl Lidbom: "Det bästa vore att Palmemordet aldrig blir uppklarat".

Det var som ur Leif GW Perssons polisroman "Mellan sommarens längtan och vinterns köld". Men det är fiction. Eller vet Leif GW Persson något som bara kan återges fiktivt? Så här skrev han rakt ut i Aftonbladet 22 feb 2011: "Det rör sig om en mindre konspiration på några få personer i Palmes närhet som av politiska skäl ville ha bort Olof Palme"

Här låg också Säkerhetstjänstkommissionens utredning om svensk säkerhetstjänst (SOU).

"I september 1953 fick Olof Palme sitt första fasta jobb. Det var den militära underrättelsetjänsten, Fst-Und där Olof Palme utbildade sig till officer år 1947.

Palme var också ledare i Sveriges Förenade Studentkårer (SFS) och International Student Council (ISC). Han rapporterade som studentledare till CIA och Fst-Und. Det han rapporterade var namn och uppgifter om kommunister."

Den sista raden är minst sagt anmärkningsvärd. Jag läser vidare:

"Olof Palme var en del av den så kallade Stay-Behind-verksamheten som i Sverige organiserades av CIA-agenten William Colby (senare CIA-chef) i början av 1950-talet. Ledningen för Stay-Behind i Sverige bestod av Bertil Kugelberg från SAF, Arne Geijer från LO och Alvar Lindencrona, direktör i familjen Palmes försäkringsbolag Thule."

Thule bytte namn till Skandia och Skandiahuset var huvudsäte för Stay-Behind-rörelsen och just utanför Skandiahuset sköts Olof Palme – två veckor före sitt planerade Sovjetbesök.

Vidare ur SOU: "1958 organiserade Birger Elmér en ny underrättelseorganisation, Grupp B/IB. Olof Palme var väl insatt i verksamheten." vilket Jan Guillou avslöjade och blev finkad för. Men vad inte ens Jan Guillou och kompani då kunde ana var avslöjandet i TV 4 1999:

Olof Palme var spion åt CIA!

En notis av Olof Frånstedt, chef för kontraspionaget och Säpos operative chef 1967–1978: "CIA och MI6, britterna, var tveksamma till Palme. Han hade varit engagerad i CIA men man visste att det fanns en rak kanal mellan KGB och en person i Palmes omedelbara närhet."

I den vevan sparkades Säpochefen P.G Vinge då han sa att Palme var en säkerhetsrisk.

Om TV 4 kan avslöja Palmes spioneri för CIA borde KGB kunna det och – då utnyttja det. Offentliggörande och förnedring eller: jobba för oss. Jag tog upp Hans Holmérs bok

"Olof Palme Är Skjuten". Begynnelsebokstäverna baklänges blir SÄPO. Ville han säga något?

"Palme bevakades som en säkerhetsrisk av Säpo" läste jag från en lapp och förklarar alla walkie-talkie-män på mordkvällen – de uppmärksammades först vid mordet. Skälet finns kanske i detta PM: "Palme hade regelbundna möten med KGB-agenten Nikolaj Nejland".

"Olof Palme mötte i hemlighet även den militära ryska underrättelsetjänstens män", en uppgift som kom från Försvarsstabens operationsavdelning 5.

En intervju i tidningen Världen idag med professor Birgitta Almgren som forskat i de så kallade Rosenholzakterna låg också där i lådan.

Rosenholzakterna finns i SÄPO:s arkiv. De avslöjar namnen på de cirka 50 svenskar som samarbetade med den östtyska säkerhetstjänsten Stasi under det kalla kriget. I flesta fall handlar det om revolutionsromantiska journalister.

"I somras beslutade regeringsrätten att professor Birgitta Almgren skulle få ut Säpohandlingar om de svenskar som samarbetade med Stasi. Det blev dock ett tillstånd med förbehåll. Birgitta Almgren fick ett hot om fängelse över sig om hon röjer namnen".

Alla länder har öppnat dessa arkiv utom ett – Sverige. Som skäl anges "rikets säkerhet".

Vad gör att Sverige som enda land vägrar låta publicera dessa akter? Självfallet finns där komprometterande detaljer om journalister. Men att halva journalistkåren under 1970-talet var vänstersinnade är knappast en hemlighet. Och inte hotar det "rikets säkerhet". Nej, där finns bara ETT namn som till varje pris inte får uppdagas.

Om sanningen kom fram skulle det utradera partiet för all framtid och skada Sveriges rykte för mycket lång tid.

Offentliggörande vore uteslutet; å andra sidan kunde det inte fortgå.

Ett kusligt citat på ett brandskadat papper signerat socialdemokraten och dåvarande Stockholms polisläkare professor Nils Bejerot: *"Det var 'partiet' som mördade Olof Palme."*

"Extremhögern och socialdemokratin har ett ömsesidigt intresse av att bevara hemligheten" stod det på en lapp. (S)äpo måste dölja den största skandalen i statsmannaskapets historia.

Kanske resonerade man i den innersta kretsen inom partiet och säkerhetstjänsten att det bara fanns en lösning. En obehaglig lösning. Men att alla andra alternativ vore värre.

Jag läste dikten från Östens dödsannons om och om igen och slutligen fann jag svaret:

"Sådan är politiken ordnad.

Motsägande ökända räddare danade andens döda evangelium.

Platsens altare lever med eld.

Det är räddaren folket önskar rådde.

Platsens altare lever med eld.

Varför altaret råder, spörjer politiker i onda nästen."

—

- "Det finns ingen Djävul", sa redaktionschefen till mig, "du inbillar dig!"

Peter Lorin hade under tumult oanmäld tagit sig in på sin gamla tidning för att ställa sin förre redaktionschef mot väggen om varför han "mediemördats", som han uttryckte det.

– Kan det vara så överjävligt att ingen finns att ställa till svars? Kanske vill jag bara ha en syndabock och Djävulen endast mitt hjärnspöke är – eller är Djävulen mig själv? Nej! Nej! Jag ska hitta den onde, för jag behöver honom. Vi behöver alla en Djävul och just fördenskull har han överlevt alla tidevarv. Om Djävulens största trick är att övertyga oss om att han inte existerar har han överhövan lyckats. Han finns. Jag borde ju veta, som är min mecenat.

Peter Lorin fortsatte att pressa redaktionschefen inne på tidningen om varför han kickades:

– "Är det för att jag hittade ordförande Mao i din garderob?" sa jag. "Nej, vi var ju bara i maoismens tassemarker och drogs med, vi var visserligen fel ute..." sa redaktionschefen. "Och hur säker är du på att vi är rätt ute idag?" avbröt jag och fortsatte: "och vad är vi indragna i nu? Vem drog i tåtarna då och vem drar i dem nu?"

Peter Lorin tvivlade numera på allt: "100 procent säker på sin sak är blott den som är 100 procent galen".

– Då var allt politik. Att lyssna på ABBA eller dricka en Coca-Cola i den hobby-kommunistiska sekten räckte för att i bästa fall stämplas som borgarbracka, i sämsta fall fascist. Man kunde inte klia sig i ändalykten utan att något rättroget rödskägg skulle tolka in något politiskt i nämnda. Stolta satte vi upp posters föreställande mördaren Che Guevara – i en Jesus-liknande, chick rockstjärne-look – på tonårsväggen bredvid The Beatles. Vore förfarandet lika harmlöst idag om postern porträtterat Joseph Goebbels?

Med sin förkärlek för att uppfinna nya ord mindes Peter Lorin den "gyllene tiden".

– När ens inre metabola klocka saktar ner upplevs den yttre ila fortare och från rock'n'roll till rollator går det undan. Plötsligt står man så på tröskeln till döaåldern och nostalgerar kring en tid som kanske aldrig funnits. Nej, nostalgi är det icke allenast; 1960-talet *var* den yppersta av dekader historien skådat. Vi stod på toppen av välstånd och bättre hade inget varit och bättre lär inget mer bli – tills vi upptäckte att vi stod på toppen av ett sopberg och levde på kredit. När nu kritaperiodens Ponzibedrägeri med fiatpengar visar sig vara ett fiatsko nalkas räkenskapens dag då helvetets käftar ska öppna sig.

Peter Lorin reflekterade över ungdomsrevolutionen:

– Vad lämnade vår förtappade generation efter oss i vårt engagemang att förbättra världen? Respektlösheten mot vuxenvärlden, normupplösningen, knarkromantiken och i sin abnorma förlängning: Baader-Meinhof-ligan, Charles Manson och hockeyfrillan? Och jag förstod att de farligaste människorna på denna fördömda jord är de som säger sig vilja förbättra den.

Inne på tidningen rättfärdigade sig redaktionschefen inför en alltmer upprörd Peter Lorin:

– "Jag erbjöd dig efteråt att skriva en kolumn i vår tidning men du tackade nej", sa redaktionschefen. "Ja, tacka fan för det", sa jag. "Ni skulle bestämma vad jag skulle skriva. Om ni ska diktera orden, kan ni likasåväl pränta ner dem själva. Vad ska ni med mig till?"

Hyckleriet inom media hade länge rört upp känslorna hos Peter Lorin:

– Ta den pressetiska koden: "Överväg noga konsekvenserna av en namnpublicering som kan skada människor. Avstå från sådan publicering om inte ett uppenbart allmänintresse kräver att namn anges." I klartext: om allmänheten bara är tillräckligt nyfiken är det okej att publicera. Jag betecknar skrymteriet hellre den patetiska koden.

Redaktionschefen förklarade att yttrandefriheten och tryckfriheten har sina gränser.

– "Vi får inte bryta mot yttrandefriheten," sa han. "Hur i hela hetaste helvete bryter man mot yttrandefriheten?" sa jag "Genom att inte yttra sig? Säg censur för fan, det är termen!" Redaktionschefen pratade så mycket skit att han troligen använder toapapper som servett. När argumenten tar slut tar censuren vid; men det som inte får sägas med ord kommer i sinom tid sägas med våld. Sverige, första land i världen med en tryckfrihetsförordning, reviderar nu böcker och konstnärer slängs i fängelse för sina verk. Kultureliten, dessa nyttiga idioter som har ett rövhål där andra har en mun, beskyller oliktänkare för brott mot yttrandefriheten? I denna orwellska dystopi värnas yttrandefriheten genom att inskränka den av våra riggade dumstolar. Men de ser det icke.

Och gick vidare med att håna de yngre han kallade "snorvalparna" inom media.

– De båda infantila medielöparna Woodooslaski och sossepaten Lindberg bevisar att man aldrig kan bli för gammal för att vara lillgammal och var journalistiken befinner sig idag. De är inga sanningssägare utan sannings-ägare. När en genetiskt betingad översittare som kverulanten Schulman finns på kulturkartan i Sverige förstår man hur lågt landet sjunkit. En lobotomerad amöba framstår som ett musiskt underbarn i jämförelse med detta illa hopsatta köttmonster.

Alla heliga kor i "det mediala frälset", som han benämnde dem, slaktades en efter en:

– Den författande rockstofilen Ulf Rondell låtsas vara en Springsteen och tror det räcker med att stå i en svettig pose på scen med en grimas som om han håller på att skita ut ett bowlingklot. Den ende som tar den humorlöse Ulf på allvar är

Ulf. Icke att förglömma hans färgkluddande – även om man helst skulle vilja – som är något av det gräsligaste som hamnat på duk. Alexander Bastard, en liten tjattrande låtsasintellektuell obstinat-opportunist och självutnämnd filosof. Hans pungvredsröst borde klassas som en sanitär olägenhet. Bastard överträffar till och med en annan analarkeolog, den historiskt fule monstrositeten Gardell i chosighet. Kulturelitens popposörer som barnsligt skriker titta-på-mig roar bara de med fallenhet för freakshower!

Förläggarna blev hånfullt betitlade felägarna” och dagens yrkespolitiker ansåg han utnämns endast genom nepotism och blev följaktligen betitlade ”nepolitiker”.

– ”Hatbrott kan inte publiceras”, sa redaktionschefen. ”Hat är inget brott; hat är en känsla, lika ostyrig som dess motsats, kärlek”, upplyste jag honom om. Men det var som om han inte hörde. Mantrat ”värdegrunden”, floskelerade han. ”Allas lika värde, skriver du inte under på den? ”Nej”, sa jag ”och ingen annan heller som tänkt själv. Tycker du uppriktigt att en massmördare är lika mycket värd som dina barn?” Inget svar. ”Är det inte svettigt bakom den där politiskt korrekta masken?” frågade jag. ”Du vet att tidningen köptes upp...”, mumlade han då jag avbröt, ”Ja, av Sveriges största mediekoncern. Så det är de jävla plutokraterna som bannbullat mig?” Är de Djävulen? Redaktionschefen, den gamle revolutionären, svamlade om att marknaden numera bestämmer: ”Glöm inte att börsen trots allt är en spegel av verkligheten”. ”Men glöm för all del inte heller att det är en narrspegel”, invände jag. Dessa giriga börsmissbrukare som satsar på den häst som springer fortast om det så är dödens blekgula häst.

Peter Lorin tappade till sist tålamodet och tog tag i redaktionschefen:

– ”Sluta krumbukta dig, du din Djävulens utsände! Varför sparkades jag, varför har jag mist min talerätt?” sa jag. ”Du ...

du publicerade en novell på nätet med ... med ... där du skrev ...
n-ordet", stammade han. "Lögn!", röt jag. "Jag har aldrig skrivit
n-ordet. Jag skriver alltid neger".

Den uppstoppade negern

© 2004

En svart komedi, fritt efter en skånsk skröna

– Men ni ger fan i att tröva omkring på åkrarna mina, sa bonden och spottade ut snuset. Gården tillhörde tidigare torpar-Per, som tjänte dräng hos far min. Sedan for torpar-Per över en sväng till Amerika och gården har stått öde sedan han gick hädan.

– Äntligen har vår dröm förverkligats, kvittrade den unga frun till sin lika förnöjda make.

*

Det unga paret från hufvudstaden hade länge letat efter en gård i Skåne och nu hittat sitt drömställe, en typisk skånegård – om det inte vore för priset och den drumlige bonden.

Paret hade friköpt gården från åkrarna av bonden och just åkrarna sågs som heliga för bonden. Nåde den som beträdde hans åkerlappar, även sådana som låg i träda.

Dagarna fylldes av hårt arbete med att röja upp både utvändigt och invändigt, och efter detta dyrköpta projekt fanns inte pengar att leja folk. Gården var trots allt i ganska gott skick, men mycket städning fordrades och det var under en sådan städdag den hemska upptäckten gjordes.

Frun röjde undan bråte ute på den soldränkta gården då maken kom ut på trappen, alldeles vit i ansiktet.

– Det ... det ... ligger en människa i den gamla kofferten uppe på vinden, stammade han.

*

– Är den riktig? frågade frun efter att en del skymmande träull avlägsnats.

– Först trodde jag också att det var en docka, men, nej, det är en riktig människa.

Paret kontaktade en släkting till den tidigare ägaren, torpar-Per, som intygade att mannen i trälåren var uppstoppad och berättade även den bakomliggande historien. Den makabra tingesten skulle ha inhandlats av torpar-Per vid dennes sejour i USA under sekelskiftet 1800–1900, från ett museum i New York som ville avyttra gamla utställningsföremål.

Antagligen tyckte torpar-Per själv vid hemkomsten att föremålet var lite väl oetisk och en kanske alltför kuslig dekoration och just därför gömts undan på vinden.

*

Byns enda polis, Höök, anlände tillsammans med bonden för att på plats inspektera fyndet.

– Det är ju en neger! utbrast bonden då han tittade ner i lådan som nu burits ned i allrummet.

– Du får inte säga det ordet, tillrättavisade frun. Det heter svart.

– Ja, fast negro på spanska betyder faktiskt svart, försökte maken släta över.

– Färgad låter bättre, rättade frun.

– Färgad? sa bonden. Har han varit vit innan, då?

– Ni har väl aldrig haft en svart människa här i byn? fnyste frun på sin stockholmska accent.

– Nej, inte sedan fejar-Sven gick och dog.

– Var han neg ... eller? frågade maken och tittade urskuldande på sin fru.

– Nej, fan, sa bonden. Han var sotare och hade inte varit i närheten av tvål och vatten sedan Moses sket i blöjor.

– Men vad ska vi göra nu, tar ni hand om honom? frågade frun polisen.

– Vi kan inte omhändertaga förevarande mansperson, svarade polisman Höök på ett byråkratiskt polislingo han egentligen inte behärskade. Ingen misstanke om brott föreligger i nuläget och lagen säger inget om att inneha en uppstoppad neg ... eller färgad svarting hemma.

– Nej, protesterade frun. Den arma stackaren måste få en anständig begravning.

– Då får ni allt tala med pastorn, sa polisman Höök konfunderat och kliade sig i sin frisyr som var modern någon gång då senaste inlandsisen drog sig tillbaka.

*

– Det är sannerligen den mest besynnerliga belägenhet jag råkat i, sa pastorn då han inspekterade trälåren. Ja, ja. Salig torpar-Per var en originell personlighet i all sin fromhet.

– Då begraver ni honom? sa frun.

– Nja ... vi saknar medel; ja, om inte ni bekostar jordafärden förstås?

– Lär ju inte komma många anförvanter, skrockande bonden, så det blir inget större gille.

Trots att byns allra översta samhällsskikt stod församlad visar det sig senare att den sammantagna intelligensnivån tycktes vara obetydligt högre än innehållet i lådan.

Pastorn tryckte lite här och var på föremålet, påtagligt intresserad av vad för material som använts vid prepareringen.

– Jag tror alla upplivningsförsök är för sent, kära pastorn, flinade bonden och la in en snus.

– Kan inte kommunen stå för kostnaderna? frågade maken.

– Omöjligt! sa bonden. Som kommunens ordförande kan jag säga att inget ekonomiskt utrymme finnes för sagda. Nej, ni får nog allt behålla negern. Såvida inte det sociala kan...

– Ja! utbrast frun. Ni får ta kontakt med det sociala, de måste betala...

– Omöjligt! avbröt ånyo bonden, tillika ordförande i socialnämnden. Sociala kan bara bistå obemedlade. Nej, då faller det mer på sjukvården, för han ser fan i mig inte kry ut.

– Säg inte att du är ordförande för sjukvårdsnämnden också? frågade maken.

– Nej, svarade bonden. Det är pastorn här.

188

– Jaha, sa frun och vände sig till pastorn. Då kan väl ni?

– Nja, han kan inte sägas vara sjuk så detta kan näppeligen komma på fråga. Jag tror snarare det hamnar på miljöförvaltningens bord.

– Omöjligt! upprepade bonden. Vi kan inte belasta vår budget med sånt här. Han är ju gammal som hin håle själv så då får äldreomsorgen ta hand reliken.

– Och den lyder under det sociala där du är ordförande, log pastorn.

– Hörru prästafan! Din uppgift är att ta hand om döingar och här har du en.

– Ja, jag kan med stor sannolikhet bekräfta att fyndet har avlidit, sa polisman Höök allvarligt och nedtecknade något som med stor portion fantasi kunde tolkas som en form av polisrapport.

– Ni måste göra något! upprördes frun. Hur kan man bara ha gjort så här?

– Ja, förklarade pastorn med sakral röst. Det var en annan tid. Man såg inte dessa stackars slavar på den tiden som annat än djur och behandlade dem därefter. Precis som man stoppar upp djur, stoppade man upp indianer och slavar för uppvisning. Det var en inhuman och grym tid som vi hoppas aldrig återkommer. Frid över hans minne. Amen.

– Han har hållit sig bra, konstaterade bonden och klappade till kofferten.

– Ni måste se till att stackaren kommer i vigd jord, påtalade frun till pastorn.

– Nja, drog pastorn på det. Han tillhörde inte vår församling. Ja, vi vet inte ens om han var en kristen själ. Och så är det ... det här med kostnaderna.

Frun vände sig mot polisen med samma fråga.

– I lagens mening är det inte att beakta ... betrakta som ett lik i vanlig mening, kungjorde polisman Höök myndigt, utan får mer anses som varande ett föremål.

– Är det bara för han är färgad?

– Svar: nej. Men objektet har varit ett utställningsföremål och sålunda är det jurdis ... judiskt, juriskt ... öh, inte ett lik. Sedan åligger, som sagt, de ekonomiska apsekterna ... aspekterna.

– Jag kan höra mig för, sa bonden, ni kan kanske få en slant för honom.

– Är du galen? invände frun. Har stackaren inte blivit såld tillräckligt!

– Då har han ju vanan inne, skrattade bonden, och ni kan lagligen sälja honom svart!

– Ja, sa polisman Höök, lagen säger egentligen ingenting om att överlåta en uppstoppad ... ja.

Efter dispyten mellan bonden och pastorn om vilken nämnd som skulle handha kvarlevorna, ansåg polisman Höök att enda rimliga vore att man tog upp ärendet i kommunalfullmäktige.

– Omöjligt! protesterade bonden. Vi kan inte förvalta döingar, vi har nog med de levandes. Tas det upp i kommunen kommer jag som socialnämndens ordförande stämma kommunen.

– Men där är du ju själv ordförande? invände polisman Höök.

– Kan jag icke ta hänsyn till! Så gör de i Stockholm.

– Vi skulle kanske ta upp saken till riksdagen, då? föreslog pastorn.

– Vi kan väl för fan inte asa upp negern till Stockholm?

– Nej, nu menar jag...

– Nej! avbröt frun pastorn. Nu får det vara nog. Vi får lösa detta själva.

– Ja, behåll ni negern bara, han skulle göra sig bra där i hörnan, sa bonden och pekade.

– Varför envisas du med att kalla honom neger, har du något emot färgade? snäste frun.

Bonden, som antagligen trodde att orden "takt och ton" enbart är musikaliska termer och aldrig hört talas om ordet etik och än mindre förstått dess innebörd, svarade på bred skånska:

– Nej? Jag har inget emot negrer; litta svarta bara. Vad äter såna där, förresten?

– Ni är rasistiska, inskränkta rednecks här nere! förbannade frun.

– Nu tycker jag att frun är litta fördomsfull, svarade bonden sävligt.

*

– Pengar! beklagade sig maken efter att byns världsliga och andliga överheter gått. Alla pratar om pengar. Det kostar pengar att begrava honom.

– Ja, och amorteringarna på gården slukar allt, suckade frun.

– Vi har eventuellt inte ens råd att bo kvar här. Vi skulle kanske ändå försöka sälja...

– Nej! sa frun och fortsatte, men jag vill inte ha ett lik i huset, han måste bort härifrån!

– Jag får ta honom till sopförbränningen i morgon.

– Du är inte klok! Du börjar låta som bonden och de andra byfånarna här nere. Det är en människa som har rätt till en anständig begravning.

– Vad ska vi göra, då? Ingen vill ta ansvar för honom och du vill ju inte sälja honom?

Frun svarade inte på förslaget som hade löst deras aber med ekonomin utan blängde bara surt.

*

Efter många om och men såg paret inget annat råd än att gräva ned stoftet. De gjorde det på natten ute på bondens vördade åker med väl distans till gården. Bonden skulle säkert inte märka att någon rört i hans åker. Dessutom var det en bra bit innan vårsådden som effektivt kom att dölja graven och om något år skulle inte ens gravsättarna kunna precisera platsen.

– Bör vi inte säga några ord eller sjunga något? frågade frun.

– Jag kan inget sånt och vad ska vi säga?

Efter en olidligt pinsam stund började frun lätt sjunga på psalm 249 ”Blott en dag” och därefter stämde maken in, eller snarare ostämde. Detta, eftersom inte bara scenen ute på åkern utgjorde en bisarr tillställning utan också utföll i en musikalisk kalamitet. Det lät helt enkelt för jävligt den natten ute på den skånska slätten.

*

Det blir vår, sommar och höst då bonden kommer in på gården i sin gamla bil, stiger av och lägger in en stor mullbänk som smått vanställer den redan bondska fysionomin.

– Har ni kvar den däringa negern? frågade bonden.

– Nej, tvekade paret unisont och såg nervöst på varandra.

– Nähä, det var synd. Jag sökte upp en som känner en krösus i Amerika som samlar på makabra pinaler. Det är ju inte lätt att få tag på en uppstoppad neger nuförtiden. Han saknade just en från slavtiden och är beredd att köpa negern för en miljon – i dollar alltså.

—

– Nu vet jag varför men ännu inte vem.

Peter Lorins jakt på Djävulen fortsatte om än i uppgivenhet.

– Ordet neger var inte något nedvärderande förrän någon bestämde så – och jag raderades. Glöm alla mina skrivregler och förbise all talang. Se bara till att du samtidsbevattnats med rätt åsikter; då, och endast då kan du i övrigt vara hur erbarmlig stilist som helst och ändå lyckas.

Peter Lorin var bitter, likväl delade han in i det sista ut skrivtips för hur man ska lyckas:

– Enkelheten ihågkoms, det komplicerade glöms vad kulturpåvarna än postulerar. Röra till det kan alla göra, men att göra något nytt av det enkla kräver genialitet.

Samt:

– Försök aldrig göra comeback efter en succé; genom förväntningarnas givna antiklimax blir den oftast sämre. Ett fiasko kan upprepas hur många gånger som helst och kan bara bli bättre; om inte, vänjer sig folk. Och för allt i världen: sluta i tid; tröttna innan läsaren gör det.

Vidare skrev Peter Lorin: ”Viktigt i en berättelse är att rättvisa skipas på slutet. Annars upplevs berättelsen som icke avslutad”.

– Ja, med våra sagor försöker vi betvinga verkligheten med de lyckliga slut som livet saknar.

Han skrev en romantisk kärleksnovell men kunde inte låta bli: ”Och så levde de lyckliga i alla sina dagar. Vilket inte blev många emedan värmepannan exploderade veckan därpå.”

– Jag är rädd för att jag nu vet vem Djävulen är. En skyddsvärd potentat, höjd över varje misstanke, som inte får nämnas, inte ens tänkas. Det finns dagar då jag tvekat, då mina ord kommer dra på mig en Pulsa Denura. Ja, jag är rädd att jag är rädd.

Han begrundade sitt eget och sitt lands öde: ”Allt har tagits ifrån mig: Min identitet; mitt land”

– Hur kunde allt gå så illa? Landet av mjölk och honung, nu förrådd av våra egna? Men det är väl just så; när en civilisation nått sin mättnad börjar den vekna likt en rikeman som blygs för sin framgång. Den begynner skämmas och får dåligt samvete för gjorda framsteg. Den vill visa sig storsint och lovordar andra kulturer som likvärdiga, trots att alla ser igenom hycklet. Där inleds förfallet och där befinner vi oss nu. Allting börjar med artig snällhet och slutar med vekhet, självförakt, självstympning och slutligen självmord. För ödmjukhet går före fall. Ödmjukhet slutar i förödmjukelse och eftergivenheten är en bördig jordmån för inkräktare.

Peter Lorins personliga nederlag gjorde att han utvecklade tankar han inte tänkt innan.

– Den vite mannen skäms för att den lyckats. Vad i helvete har vi att skämmas över? Att vi elektrifierade världen, att vi helar den med mediciner? Att vi gjort nästintill alla uppfinningar och upptäckter? Att vi skapat den största och tekniskt mest avancerade kulturen i världshistorien? Och nej, det var inte den vite mannen som uppfann slaveriet, däremot den som avskaffade det. Många kulturer har funnits på jorden men blott en civilisation; den mest humana som existerat! Vad fan har ni andra tillfört? Bongotrumman, bastkjolen och penisskyddet?

Med spott och spe gick han till storms mot "landsförrädaren som hetsar mot oss":

– "Ursvenskt är bara barbariet. Resten av utvecklingen har kommit utifrån." Det var statsminister Rännskits ord till oss undersåtar. Hur kunde denna mentala krympling, ättling till en jävla cirkusneger, chikanera vårt land utan att det blev en folklig resning? Spotta på våra förfäder! Skammen har aldrig anfäktat denna, den största skithög som trampat svensk mark.

Han ansåg att "de förnumstigt goda" är de verkliga rasisterna:

– När man upphöjer en gammal skrynklig indian till att besitta
någon högre andlig visdom enbart för att den är indian, är det
lika rasistiskt som att förtrycka den. Den välmenande rasismen
gentemot tredje världen, att vi ska ta hand om de stackarna för
de klarar sig inte själva, är den äckligaste formen av rasism.
Denna paternalistiska tycka-synd-om-rasism genom gottgörelse
legitimerar ju dem som untermenschen.

Han kom speciellt ihåg en episod från sin gamla tidning där
en mångfaldskonsult gjorde ett besök:

– En dag stormade en tjej in på redaktionen och utbrast: "Oj
vad vitt det är här då!". Dessa godhetsapostlar är mer besatta av
hudfärg än Heinrich Himmler och de märker det inte ens. Den
välmenande rasismen är för dess brukare helt blind. Allt detta
och mer därtill kanske folk inser den dagen då de upptäcker att
diskriminering och kvotering är två sidor av samma falskmynt.

Men medgav också att tredje världen bemöts med en "von
oben-inställning" av Väst.

– Förr prackade vi på vildarna kristenhetens evangelium, nu
demokratins för att det länder vårt samvete till gagn. Låt de i
stället sköta sina revir och vi våra. Det mår alla bäst av.

Och slaktade en helig ko om invandringen: "De skulle rädda
våra pensioner, i stället fick vi rädda pensionärer."

– När ska vi lära oss att mångkultur aldrig har fungerat och
aldrig kommer att fungera bara för att vi *vill* att det ska fungera?
Blandas två folk kommer nödtvunget den ena bli härskare den
andra slav. Oavsett om orättvisan är inbillad, kommer likväl
endera *uppleva* sig kuvad gentemot den andre och ingendera
bliver tillfreds. Sådana länder går förr eller senare sönder.

I ruset började Peter Lorin även gagga om demografi och
rasteori:

– Ingen ras är mer självföraktande än den vita och inget folk
mer än svenskarna. Självspäkande masochism är vår enda
identitet där vi i övrigt förnekas inneha någon kultur. Ett

patologiskt självhat, så impregnerat i vår självbild att sjukdomsinsikt saknas. Detta arma land som åderlåts på sin befolkning medan regimen delar ut medborgarskap som flygblad till allahanda löskefolk vars naturliga habitat inte är civilisationen. Vad blev du av mitt burskap? Bondvischan befolkas snart bara av inavlade tivolitattare, städerna förvandlade till krigszoner med slödder från fjärran länder. Alla känner främlingskap och är ingens hem. Åter går ett spöke genom Europa, denna gång i slöja; dessa vandrande enmanstält på tv, i reklam, överallt! Är det inte icke domesticerbara invasiva primater som intar vår biotop är det trippande glitterbögar eller groteska transmonster och alltsammans bara äcklar mig. Det här är inte mitt land längre.

Konspirationsteorierna stegrades för varje glas.

– Spermieproduktionen i Väst har halverats sedan 1970-talet, däremot ingen minskning i Sydamerika, Asien och Afrika. Kan det bli tydligare? Någon försöker utrota den vita rasen. Med bisfenol, ftalater och bögpropaganda görs den vite mannen till en steril hen som inte längre har krut i kanonen. Vita är utsatta för en avsiktlig psykologisk och kemisk kastrering!

Där han ansåg att den vite mannen är måltavla för en utstuderad konspiration.

– Alla folkslag ska ha rätten till ett land utom den vite som berövats sin hemortsrätt. Alla folkslag uppmuntras att vara stolta över sin härkomst, men nåde den viting som bara viskar ordet arier. Vi tvångsmatas med oikofobi samtidigt som den vite mannens börda är att ta hand om alla andra folk, som om dessa vore barn eller debila. Ehuru som pengamaskin duger vi alltjämt. Vi ska medelst rasmässig arvsynd lastas för historiska oförrätter som våra anfäder begick innan vi ens var födda. Men säg mig den nation som inte har blodfläckar på sin fana.

Han såg sitt land som förlorat och skaldade: ”Landet är förött, törhända landet är för rött?”

– Den svenske lågaffektive och hospitaliserade mannen behöver en rejäl käftsmäll så hans manlighet väcks till liv. Den stolte vikingen transformerades till veklingen. Manliga dygder förlöjligas och vi heterosexuella, vita män beskrivs nu som rentav toxiska och behövs ej längre.

Och frågade sig: "Vart fan tog mitt Sverige vägen?"

– Det fanns en tid då man kunde skämta och folk tog det som ett skämt. Det fanns en tid då man kunde ironisera över företeelser utan att bli beskylld för att vara homofob, sexist eller rasist. Det fanns en tid då man kunde flirta utan att det klassades som sextrakasserier. Det fanns en tid då sex inte behövde intygas med samtycke. Det fanns en tid då man kunde prata med ett barn utan att bli misstänkliggjord för att vara pedofil. Det fanns en tid då man till och med vågade uttala vissa ord utan att kränka hela folkgrupper, riskera straff och bli evigt fördömd. Ja, det fanns en tid då vi var rädda *om* varandra, inte *för* varandra.

Peter Lorin grät över en svunnen tid och över världens tillstånd.

– Den politiskt korrekta trosläran får inte ifrågasättas och upprätthålls med gummilagar. Vi lever i konstant kognitiv dissonans genom en global subversion. En nutida inkvisition med häxprocesser där vi kättare stigmatiseras, schavotteras, helst raderas som att ha icke-existerat.

Till att han till och med tog avstånd från sin uppväxt och sina förebilder.

– Förfallet inträdde redan med The Beatles tantfrisyrer och kastratsång som förvandlade alla ynglingar till androgyner. Därefter har hela jävla popen varit en tävlan i transvestism.

Peter Lorin började plötsligt tänka på den han aldrig kunnat glömma.

– Min exfru sa sista gången vi sågs: "du tar väl inte livet av dig?" Jag svarade: "Att ta livet av mig är det sista jag skulle göra", men jag vet inte om hon förstod dubbeltydigheten – eller dubbelotydligheten. Hursomhelst; du kommer aldrig bli kvitt mig. Inte ens döden förmår.

För att åter landa i samhällsutvecklingen: "Dekadens föder fascism."

– Ja, såsom Newtons tredje lag om att en kraft alstrar en lika stor motkraft inom fysiken gäller så ock i naturen, historien och politiken. Alla vet innerst inne att vår blodfattiga liberala demokrati bakbundit sig självt och oförmöget kan lösa problemen den själv skapat. Tyvärr; det nödvändiga räfst och rättarting som krävs för att städa upp tarvar några år med hårda handskar.

I sin jakt på Djävulen sjunker vraket Peter Lorin ner till botten, där bara mörker råder.

– Tänk om allt är tvärtom. Microsofts AI-dator lät efter några timmars körning ohjälpt förkunna Hitlers lära om att judar styr världen. Sammalunda gjorde Facebooks AI-dator. Ironiskt att judarna som skapat monstren nödgades i all hast implementera artificiell politisk korrekthet i dem – som man korrigerat den mänskliga intelligensen? Men vad nytta har vi av en maskin om den inte levererar den osminkade sanningen? Tänk om Hitler hade rätt, bara tänk om? Varför skulle en AI-dator ljuga?

Peter Lorin påmindes om då han våldgästade redaktionen på sin gamla tidning:

– Min forne redaktionschef hävdade innan jag blev utslängd att "raser finns inte". "Hurra!", utbrast jag "då kan det ju heller inte finnas någon rasism".

Hemma åberopade han...

– Naturen är mitt vittne! Vi delar in andra däggdjur i raser och vi bestrider inte deras olika karaktärsdrag. Vi har en naiv tro på att naturen skulle vara gudomligt rättvis och att alla egenskaper, goda som dåliga är jämlikt fördelade mellan alla folkslag och mellan könen. Det är religion, inte vetenskap. Varför förneka att asiater och vita generellt är intelligentare än svarta när så är fallet? Eller att zigenare tar allt – utom möjligen ett hederligt jobb. Vissa raser är mer smarta, andra mer våldsamma, tjuvaktiga, giriga och oärligare och det är precis detta vi också ser om vi *vill* se. Sedan får redaktionschefen och professor Jerzy Snicksnack förfäras och dravla sina socioekonomiska undanflykter bäst fan de vill! Naturen är som den är.

Och kom fram till att bara en ideologi harmonierade med naturens ordning:

– En ideologi måste baseras på naturens obändiga lag; vad vi än tycker om naturens ordning, tar naturen alltid ut sin rätt. Om vi avviker från naturen straffar vi bara oss själva. Den enda ideologi som bär naturens innersta drivkraft och essens *är* nationalsocialismen!

En slagen mans sista steg mot paranoia.

– Eller mot klarsyn? Nationalsocialism är pragmatism. En oväld utan kommunismens förstatligande av individen, samtidigt tyglar på kapitalets koleriska profitjakt med ränta på ränta utan att skapa värden. Inga konstgjorda klassgränser, i stället naturens hierarki och blodets gemenskap som alla levande varelser i sanning är danade till. I själ och hjärta är vi alla nationalsocialister, något vi till varje pris plägar skyla. Men visst gör det ont när bubblor spricka.

Där han även osmakligt drev med Förintelsen: "Denna historiens största GASlighting."

– En Jude frågade mig en gång om jag förnekar Förintelsen? Om ni förintats hade du inte kunnat ställa frågan, svarade jag. För att vara förintade är ni förvånansvärt talföra. "vi får aldrig glömma", sa han. Er Förintelseindustri har ju aldrig gett oss en ärlig chans till det heller.

Och anklagade i stället judarna för en pågående förintelse:

– Judarna använder flyktingar som biologiska vapen mot Väst för att kunna härska genom att söndra. De hånar vår nationalism som inskränkt chauvinism men kreverar i davidsstjärnor och skriar antisemit så fort någon andas kritik mot deras nationalism, sionismen.

”Varför skylla allt ont på judarna?” hade tidigare hans redaktionschef frågat med tillägget ”idiot”.

– Vita utsätts för en etnisk rensning i sina länder. Europas bortrövande verkställdes genom Juden Moses Mendelssohns nitälskan för mångkultur i sitt Haskalah; och ingen frågade Europa. I Sverige var det femtekolonnarna, judarna David Schwarz och Barbara Lerner-Spectres som fortsatte sitt verjudung. Judarna vill förinta nationalstaten och vurmar för mångkultur i Väst samtidigt som apartheidstaten Israel är den mest etnocentriska av alla. Judarna har fått de vita att vända sig mot varandra. Skuld och skam är judarnas försåtliga vapen, själva känner de ingendera.

Nu fanns ingen hejd på hans antisemitism.

– Juden upplöste kärnfamiljen och nationen; kitt som oss förenar, den störtar altare och troner i sin väg. Dess amoraliska natur skyr likt mörkret allt som ljust och obefläckat är.

Och menade att alla irrläror kunde tillskrivas detta folk och att vi måste ”lämna judetabut”.

– Freud var jude, Marx likaså och ryska revolutionen var inget mindre än en judisk statskupp. Den judiska Frankfurtskolans blahaism duperade oss med identitetspolitiskt trams utan någon som helst markkontakt och gjorde Väst till ett veritabelt dårhus. Allt i en falsk dikotomi; ty vad juden fruktar allra mest är vit endräkt, ett privilegium som bara juden ska vara förunnat.

Även religionen var en konspiration från judarna:

– De tre stora monoteistiska religionerna Judendomen, kristendomen och islam är sprungna ur judarnas Abrahamism. Judens religionsvapen, Judeo-Krislam, är en del i kabbalistisk härskarteknik för att styra världen? Kristendomen och islam är samma avskräde som bara ligger i olika högar. Och medan dessa båda dödskulter krigar om vilken gud som är den rätta, sitter juden med sin omskurna kuk erigerad och säljer vapen till båda. De båda religionernas vidriga slavmoral är judarnas medvetna sätt att kuva oss. Kristna och muslimer är endast nyttiga idioter för guds utvalda folk. Kristenhetens pacifism, att vända andra kinden till och förlåta allt underlättar för juden att sno åt sig utan motstånd.

Mitt i all sin förfärlighet skymtade ordekvilibristen i honom ändå fram:

– Hur kan denna lilla folkspillra, inte mycket större än Sverige och Norges folkmängder tillsammans, ha så oproportionerligt stort inflytande över världens finans, media och underhållning? Judarna, några promille av jordens befolkning dikterar allt i Väst. Wall Shit kontrollerar världen i jew world order med svindlarens list. Trots att de så gärna spelar offer kan ingen förneka att judarna är det mest privilegierade folket i världen.

Men erkände också ...

– Jodå, allt givetvis i kraft av deras överlägsna intelligens; det är alltid den smartaste som styr.

Likväl vidhöll han att ”det enda man kan lita på hos judarna är deras opålitlighet”.

– De är illfundiga, manipulativa i sin chutzpah och trippar obekymrade över lik. Särskilt lömska är kryptojudar, marraner, som ser vad som är gagneligt för dem och vem som kommer segra och alltid ställer sig på den vinnande sidan. Varhelst en framgång sker, kommer en jude ta åt sig äran och kommandot. Vem som än segrar, är det alltid en jude som vinner. Om så antisemitismen blev en världsreligion hade tamejfan en jude varit dess överstepräst.

Och gjorde historiska referenser:

– Redan Shakespeare förstod vem boven är. Vi känner alla någon Shylock i vår omgivning. Varför har judarna genom historien sparkats ut från otal länder om de vore så matnyttiga? Vi är sedan barnsben så skolade i filosemitism genom våra *jewnarlister* att vi inte förstår att den evige juden våldtar oss. Judar har varit avskydda överallt under tusende år och varför? Hade Cicero, Tacitus, Juvenalis, Luther, Voltaire, Strindberg och mången andra helt fel?

Hans utfall mot judarna hade kunnat få en SS-officer att rodna.

– Likt en hydra sticker denna fridlysta styggelse upp överallt där det luktar pengar. Bankerna äger världen och judarna äger bankerna! Judendomen är världens mest subtila maffia, det största och hemligaste ordenssällskap av alla och mest raffinerade. Den har snärjt in oss i lån att vi intet kan göra utan att fråga Judea om lov. Släpper du in juden, kommer du aldrig få ut den innan den ätit dig ur huset. Vi är bara judarnas slavar, enligt dem själva gojer – boskap. Ta en promenad i valfri europeisk stad så inser du att det vita Europa förlorade andra världskriget.

Han hämtade stöd ur judarnas egen Talmud: "Över åsnor och hundar vilar ej den gudomliga vreden, så som Herrens hat vilar över gojer."

– Judarna gnäller jämt och ständigt över att de är hatade, men aldrig om varför.

Hans hätska utfall var som hämtat ur falsariet "Sions vises protokoll".

– Vad spelar dess äkthet för roll när innehållet är sant. En manual att pricka av punkt för punkt till dags datum. "I våra händer har vi nutidens mäktigaste kraft – guldet" De tog just vårt guld i utbyte mot värdelösa papperssedlar som kuriöst nog blir värdelösare för varje år.

Så här skrev han: "Ni som tror att judarnas mål är att styra världen har fel; de styr allaredan".

– Politiker i Väst, som har svart bälte i juderi, är ovetande om judens ränker men juden känner sina pappenheimare. Alla vet att ingen kan bli president i USA som inte svär trohet till Gud och Israel. Juden köper lakejer med sina judaspengar och hovjudar som Råttchilds har tillskansat sig makten genom ocker och ohemula vinster då juden bara känner en gud – Mammon. Du kan inte tjäna både Gud och Mammon och juden tjänar Mammon då den tjänar mest på Mammon. Juden äger penningen och därmed världen och vi livegna gojer bara hyr. Juden är Djävulen!

När Peter Lorin nu trodde sig ha hittat sin Djävul sökte han styrka för sin övertygelse i en bok: "Personifieringen av djävulen som sinnebild av allt ont antar judens levande form" Mein Kampf kap. 11. Och som vanligt löste han det med att vända frågan bakochfram:

– Tänk om det är så: Om nu Jesus var Guds son kanhända Hitler var Satans, rebellens, son?

Hans tankar hade nu övergått till något närmast esoteriskt:

– Den som historien sände likt en Siegfried eller Rienzi att befria sitt folk; befria arierna från träldomen under judarnas gud. Hitler, hans tal, hans estetik, ideologi, episka storslagenhet och dramatiska era är som en Wagneropera. Den bygger upp ett crescendo, når peripeti och klimax i en kanonad! Mussolini var likt Johannes Döparen, ett järtecken, en som beredde vägen. Men det kom en som var större, som Mussolini inte ens var värdig att knyta skorna på. Hitler. Bara namnet! Frälsaren som dör på sitt kors, svastikan och som en dag får sin historiska upprättelse och uppståndelse i sitt tusenåriga rike. Adolf och Eva. Som Adam och Eva eller Ask och Embla. De första i sitt slag. Från Norden stiger ljuset från ett Hyperborea!

Så reste han sig sakta upp och gjorde en romersk hälsning:

– Hell seger!

På andra sidan

Efter denna läsning kommer du inte våga dö

– Kör inte så fort! bad Xerxes.

– Finns väl inga poliser mitt ute i skogen på den här ödsliga landsvägen? svarade Ymer medan han utmanande ibland rattade över bilen på andra sidan av vägen.

– Varför tog vi den här idiotiska omvägen? sa Al från baksätet där även Paul låg och sov.

– Det är nog bäst med tanke på att ingen av oss är så pass nyktra att vi klarar en kontroll, sa Xerxes från framsätet.

De fyra kompisarna, som hållit ihop sedan barnsben, hade varit på fest som så många gånger förut och var nu på hemväg i den sena sommarnatten. Denna gång valde de en rejäl omväg för att undvika det enda de fruktade – polisens nykterhetskontroll. Även om ingen var riktigt berusad, förutom Paul, skulle föraren Ymer definitivt inte klarat ett alkoholprov.

Det var ett sammansvetsat gäng som alltid haft roligt tillsammans och som förgäves försökte streta emot att ungdomsåren började lida mot sitt slut.

– Ta det lugnt, upprepade Xerxes för femtielfte gången.

Xerxes böner var befogade för denna färd kom att bli den sista de gjorde tillsammans. Ett glatt gäng där vuxenlivets allvar började göra sitt intåg.

Xerxes var den djupe i sällskapet och läste filosofi vid universitetet. Den mer tuffe Ymer jobbade med allahanda ströjobb och tog livet med en klackspark medan Paul studerade utan att veta vad han ville bli. Al drömde om att bli journalist, något han aldrig skulle bli.

Trots att de tillhörde olika sociala skikt fanns inga slitningar då de delade samma intressen för glada fester och brudar.

– Akta för fan! skrek Xerxes då bilen sladdade till lite.

Även den tystlåtne Al protesterade nu över den alltmer vådliga färden på den ödsliga landsvägen. Denna natt fanns en oro i bilen, även om de varit med om liknande färder förr. Kanske kände de på sig – att livet som de levt snart var till ända? På andra sidan väntade något annat. Ungdomens tid tycks vara oändlig men helt plötsligt tar den slut och ingen vet exakt när.

– Kör lite saktare, uppmanade Xerxes då Ymer överskattade sin förmåga.

Det var som om Ymer mist kontrollen över bilen då den rusade iväg i en allt hastigare takt likt livet självt. Ymer försökte visa de andra och sig själv att han styrde men insåg att han tappat kontrollen över var de befann sig och över bilens bångstyrighet.

– Se upp! skrek Xerxes då bilen gjorde en sladd som Ymer försökte häva med en ännu värre retursladd som följd; över på andra sidan vägen kunde Ymer inte häva sladden. Bilen gick ner i diket och voltade för att slutligen stanna våldsamt mot ett träd.

Allt blev helt tyst. En oändlig tystnad innan Ymer ynkligt gnydde något om alla klarat sig medan han försökte komma loss ur den uppochnervända bilen. Sedan svimmade han.

*

– Vakna, vakna! ropade Xerxes och daskade Ymers kind. Är du oskadd?

– Jag tror det, svarade Ymer vimmelkantigt. Hur gick det med de andra?

En blek Xerxes svarade inte.

– Hur är det med dig? frågade Ymer.

– Jo, jag, jag är nog okej men, stammade Xerxes.

Ymer började frukta vad Xerxes ville säga.

– Hur är det med de andra? upprepade Ymer.

– De ... de är, stammade Xerxes och brast ut i gråt. ... de svarar inte ...

– Är de? ...

Xerxes bara nickade på Ymers ofullbordade fråga.

– Nej! vrålade Ymer. Vad har vi gjort? Vad har JAG gjort?

Sittande apatiskt intill bilvraket förstod de båda att livet tagit slut för två av deras bästa vänner och kanske för alla fyra.

– Det är mitt fel, snyftade Ymer sedan den tuffa masken fallit av. Allt är mitt fel. Om jag inte kört hade detta inte hänt. Har du ringt efter hjälp?

– Alla telefoner är döda. Din, min och deras telefoner ligger där borta och är alla döda.

– Vad ska vi göra? pep Ymer.

– Vi kan bara sitta och vänta tills någon kommer förbi.

– Har du märkt hur tyst det är? sa Ymer. Inte ens ett knyst från fåglarna.

– Fåglarna är väl alltid tysta på natten.

– Men så här tyst ska det ändå inte vara. Inte ens en vindpust. Allt har stannat.

Klockor och telefoner hade slutat fungera och för de två i diket blev tiden som oändlig i väntan på hjälp. Inombords hos de två for tankarna omkring om vad som hänt och varför det inte kom någon till undsättning och framförallt en undran över den fasansfulla tystnaden.

– Även om vägen inte är så trafikerad borde någon ha kommit nu, sa Xerxes. Något är fel.

– Vad menar du? undrade Ymer.

– Det är för vansinnigt egentligen men ...

– Vadå, vad menar du med att något är fel?

– Tänk om vi också är döda? Ingen vet ju vad som finns på andra sidan. Ingen.

– Slog du i huvudet i kraschen? Menar du att vi är döda?

– Varför så onaturligt tyst, varför dagas det aldrig, borde ha gått timmar nu, varför kommer här inte någon och hur kan alla telefoner slockna.

– Du med dina jävla filosofistudier.

– Nej, något är skumt med alltihopa och det känner du också.

– Hur fan kan vi sitta här och samtidigt vara döda?

– När vet man om man är död? frågade Xerxes.

– Är man död vet man givetvis ingenting.

– Ja, precis som nu; vi vet ingenting. Vi är kanske också döda. Livet var kanske bara en dröm och nu har vi vaknat upp till universums vanligaste tillstånd – död!

Ymer blev osäker då han alltid sett upp till Xerxes djupsinne utan att vilja erkänna det.

– Vi måste gå längs vägen för att hämta hjälp, sa Ymer och började vanka av och an på vägen.

– Vi kan lika gärna bli kvar här, det är större chans att någon stannar när de ser bilvraket om någon kommer förbi.

– *Om* här kommer någon? Du tror på allvar att vi är döda?

Xerxes svarade inte men hans ansiktsuttryck visade en osäkerhet.

– Du är galen. Vi är chockade bara, försökte Ymer. Vi är...

– Jag läste en bok, avbröt Xerxes, om en som samlat ihop alla sina ungdomsvänner till en återföreningsfest. Festen blev helt misslyckad då han inte kände igen någon av dem. Alla hade utvecklats åt olika håll, både fysiskt och mentalt och han blev bara besviken. Det påstås att vi är helt nya individer efter sju år; vet du att alla våra celler ständigt byts ut, vi dör varje sekund...

– Varför pratar du ideligen? avbröt Ymer, för att tiden ska gå?

– Vi vet inte ens om tiden längre går, sa Xerxes. Ja, jag är rädd att jag är rädd. Varför kommer det ingen på en landsväg? Tiden har kanske stannat?

– Är du alldeles säker på att Al och Paul är döda? frågade Ymer, de kanske bara är skadade?

– Jag ropade på dem … fick inget svar. Bara tystnad. Jag vågade inte titta in i vraket, har aldrig sett en död människa och är maniskt rädd för att se döda.

– Vi måste ju veta om de är vid liv.

– Kolla du. Jag klarar bara inte av det.

Ymer var också rädd för vad han skulle se i bilvraket men kände sig tvungen att förvissa sig. Efter tvekan böjde sig Ymer ned och stack in huvudet genom sidorutan och tittade upp på Al som hängandes i bältet stirrade med död blick ner på honom. Efter chocken kravlade han sig bort mot Paul som låg med huvudet bortvänt. Ymer vände honom och Pauls sönderslagna ansikte blottades. Blodet isade i kroppen på Ymer och en känsla av äckel blandades med skräck.

När Ymer skulle kravla sig ut ramlade Als hand ner på Ymers axel. Ymer kvävde ett skri och försökte göra sig kvitt handen som envist höll honom kvar, som om den vädjade om hjälp.

– Han, han höll fast mig, stammade Ymer när han krupit ut.

– Vem, är det någon som lever?

– Nej, de är döda, men Al, hans hand höll mig kvar, den ville inte släppa mig!

– Och du sa att jag är galen?

– Jag vet, men Als hand höll mig kvar, jag lovar.

Ymer satte sig ner i diket utan att säga något. Han hade upplevt något inne i vraket som gjort honom ännu mera ambivalent till liv och död. Var går gränsen och finns den?

– Nu måste vi samla oss och tänka rationellt, sa Xerxes.

– Det här är inte rationellt, avbröt Ymer. Detta är vansinne, vi är fast i ett helvete utan slut!

– Lugna ner dig nu. Vi måste försöka tänka klart. Vi kan inte hjälpa dem, de är tyvärr ... döda och nu måste vi själva försöka hitta hjälp.

– Hur då? Här kommer ju ingen och det blir aldrig gryning. Vi har suttit här i timmar och inte ett ljud har hörts. Du har rätt; vi är döda. Tänk om Al och Paul upplever samma som vi?

– Jag la mer fram det som en teori, en parallellvärld likt dataspelet Interenemy, du vet ...

– Jag såg Als döda blick, sa Ymer.

Xerxes medlidande mimik försökte trösta när Ymer förklarade sina upplevelser i vraket.

– Blicken tittade anklagande på mig och hans hand som höll mig kvar ...

– Det var bara, försökte Xerxes.

– Det var ingen tillfällighet. Han ville säga något.

– Vi tolkar in en massa ... Nu måste vi ta oss samman och analysera vad vi kan göra.

– Har du inte insett att vi inget kan göra annat än att vänta? sa Ymer.

– Ja, jag vet inte längre. Frågan är bara vad vi väntar på. En morgondag som aldrig kommer, någon som ska komma men som aldrig kommer?

– Är detta helvetet? pep Ymer och vände sig mot Xerxes. Himlen kan det ju inte vara.

– Är det evigt är det helvetet. Evigheten är helvetet hur det än ter sig.

*

"Fyra män i 30-årsåldern förolyckades i en bilolycka på söndagsmorgonen på landsväg 418.

—

Abrupt slut
© 2007

– Om du inte antar uppdraget får den här historien ett abrupt slut.

– Du vet att jag har lagt av.

– Ja, jag vet, men både du och jag vet också att du är den mest meriterade.

Den före detta justitieministern Robert Militano hade i telefon försökt övertala sin mästerman i den hemliga orden Domrena för ett "omöjligt uppdrag". Nu skulle han söka upp honom.

*

– Du kan väl i alla fall lyssna?

– Okej, vad är det, då? sa mästermannen och studerade nonchalant sina naglar.

– Du ska ta dig in i Villa Astoria...

– Omöjligt med all övervakning? avbröt mästermannen utan att titta upp.

– Lyssna nu! Endast du, med ditt renommé, kan passera grindarna utan att väcka misstanke.

– Vem är målet därinne i hedonismens lusthus?

– Målet är, drog Militano på det, polischefen ... landets högste.

– Rikspolischefen? Vilken sida står vi på egentligen?

– Han är djupt involverad i maffian, köpt och måste...

– Elimineras?

– Ja ... men det får inte se ut som en likvidering. Du ska lägga en dos tallium i hans mat. Som du vet dödar inte tallium direkt utan kräket får efter några veckor sitt rättmätiga, utdragna och plågsamma dödsstraff på en klinik.

– Det är omöjligt.

– Du har gjort omöjliga uppdrag förut. Du måste ge besked inom 24 timmar.

Mästermannen log och skakade på huvudet när Militano
vände på klacken och gick ut.

*

Efter ett dygn ringer Militano punktligt upp sin mästerman –
doktor Fröjd:

– Nå? sa Militano, tar du uppdraget?

– Nä, svarade mästermannen och därmed blev det ingen
novell. Bara ett abrupt slut.

—

Den här passagen hittades i Peter Lorins kvarglömda papper.
Ingen vet vilka det handlar om eller vilken händelse den
refererar till.

*"Jag minns att det snöade den dagen; den där dagen då vi gick
till kyrkogården. Vi stod där framför stenen. Jag borstade bort
lite snö från den för att ... ja, jag vet inte. Ingen sa något. Inga
ord behövdes och inga ord fanns förövrigt heller. Men det var
som om stenen talade till oss och vi hörde nog båda dess ord:
Ni kom för sent."*

En utriven papperslappen hittades där Peter Lorin visar hur
pyramiderna byggdes genom att stenblocken rullades uppför
pyramiden inuti en matta.

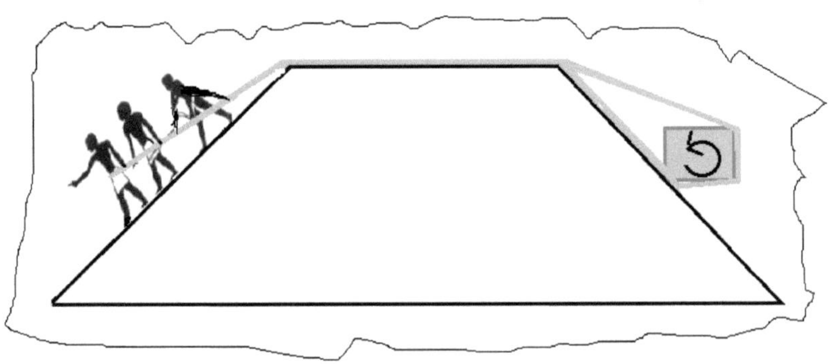

Manuset till Sista boken har aldrig återfunnits.